Anna-Elisabeth Mayer
Am Himmel

Roman

Schöffling & Co.

für Lucia

Zweite Auflage 2018
© Schöffling & Co. Verlagsbuchhandlung GmbH,
Frankfurt am Main 2017
Alle Rechte vorbehalten
Satz: Fotosatz Amann, Memmingen
Druck & Bindung: Pustet, Regensburg
ISBN 978-3-89561-137-7

www.schoeffling.de

Am Himmel

Was will denn der Hüttler da!«, rief Sothen durch das offene Fenster, »Was will der Hüttler da!« Eduard am Vorplatz. Sothen wandte sich wieder der Prüfung von Rechnungen zu. »Wie krieg ich den nur los«, versuchte er nicht aufzublicken. Eduard verharrte, starrte. »Sitzt da, als wär nichts«, dachte er, die eine Hand am Riemen. »Alles ist besprochen!«, reichte es Sothen. »Als wär nichts«, dachte Eduard. Sothen sprang auf, schritt Richtung Vorzimmer. Es zuckte in Eduards Gesicht. Sothen riss die Tür auf. Eduard nahm das Gewehr von der Schulter. »Aber Hüttler, du wirst doch nicht!« Sothen stolperte in die Kanzlei zurück. Eduard folgte mit dem Gewehr. Sothen stürzte durch das Vorzimmer, sein Herz schlug wie wild. »Ins Büro, ins Büro«, er warf die Tür zu, es schepperte. Durch die Milchglasscheibe Sothens Umriss. Eduard drückte ab. Dann ging er in den Hof, lehnte sich an die Mauer beim Türeingang, sein Herz wie wild.

Sothen krümmte sich, es fröstelte ihn, »Hilfe!«, er versuchte sich aufzurichten, er fiel ins Vorzimmer, schleppte sich zur nächsten Tür, Schweißperlen waren auf der Stirn, »Hilfe!«, er schaffte es, sich ein weiteres Mal aufzurichten, »Wasser!«, trat hinaus in den Hof, schwankte einige Schritte auf die Wirtschaftsküche schräg gegenüber zu. Eduard lehnte noch immer an der Wand, der Lederriemen hing in den Staub. Er sah Sothen zu, sah Blutstropfen in den Staub fallen, »als wär nichts«. Er atmete ein und aus, nach Hause hatte er gehen wollen. Sothen brach in den Armen einer Kuhmagd, die unter der Tür herausgekommen war, zusammen. Eduard sah Marie den schweren Körper kaum halten können, er atmete ein und aus – und schoss Sothen in den Rücken. Sothen sackte zusammen, sank der Kuhmagd aus den Armen auf den Boden. Sie hob fassungslos den Kopf, erkannte Eduard an der Wand, die Augen kreuzten sich, er ging.

Aus der Küche und den übrigen Meiereigebäuden kamen Dienstleute gelaufen. »Einen Arzt!«, schrie Marie, »einen Arzt für den Sothen!« Radda, der Ziegeldecker, stieg schon auf ein Pferd. Man bückte sich nach Sothen. »Der Hüttler«, schüttelte Marie ungläubig den Kopf, »Vielleicht zwölf Schritte von hier hat er auf ihn gefeuert!« »Sie völlig unverletzt«, die Wäscherin zur Scheuermagd. Bald hatte sich das gesamte Gesinde um Sothen und Marie versammelt, nur Berta bewegte sich nicht vom Fleck, starrte im Taubenschlag mit einer Handvoll Körner in den Hof. »Die Frau Sothen müsst auf dem Weg zurück sein von der Stadt –«, hörte sie, und Zeisel, der Tischler, saß bereits im Sattel und drückte die Sporen in den Pferdeleib. Die Nachricht, die er überbringen musste, konnte er selbst noch nicht fassen.

Jetzt rannte Eduard. Er rannte Richtung Wald, seinen Wald, stolperte, rappelte sich wieder auf, rannte weiter, stolperte über die nächste Wurzel, riss sich die Hose auf, er kam erneut auf die Beine, er lief schneller, bei einer Quelle sank er Atem ringend ins Moos. Er hob das klare Wasser in überkreuzten Händen an den Mund. Er starrte auf die Hand, die abgedrückt hatte. Eduard trank schnell, sprang auf, lief weiter durch das Unterholz, den Ästen ausweichend. Zwei eingedrückte Moosstellen blieben zurück. An einem Dornengestrüpp schürfte sich Eduard den Handrücken auf. Ein Tier da hinten. Weiter, weiter. Eduard war im eigenen Revier der Gejagte. Im Wald hing die Dämmerung. Die Baumwipfel ragten über ihn in den Himmel. Eduard lief und lief. Vor ihm tauchte die Lichtung auf. Ein Hase hob im Zwielicht den Kopf, um ihn herum das junigrüne Gras, fast bläulich. Ein weiterer in der Nähe der Baumstämme, die Eduard noch letzte Woche gefällt hatte. Auch seine Löffel aufgestellt, die Nase in den Wind gehalten. Eduard am Rand der Lichtung. Die Hasen suchten schon mit schnellen Sprüngen Deckung, ihre Blumen verschwanden. Eduard lief an seinem alten Leben vorbei, verschwand wie es im Dickicht. Die Hasen drückten sich in ihre Sasse, legten die Ohren an. »Was will denn der Hüttler da!«, hörte Eduard. Es wurde immer dunkler. Eduard schlug einen Haken. Ein Ast traf ihn im Gesicht, Blutstropfen traten aus dem Striemen, leuchteten wie die Tieraugen im Unterholz auf der Wange. Er rannte weiter. Er musste, musste ans Licht.

Fanni hatte sich den Nachmittag über in der Vorstadt aufgehalten und war schon in der Kutsche auf dem Weg zurück von der Holzstätte, als sie den Tischler Zeisel vom Gut auf sich zureiten sah. Fanni schaute am Kutschbock vorbei, runzelte die Stirn. Die Hufen wirbelten Staub auf, die Haltung des Tischlers – jetzt erkannte sie den Ausdruck auf seinem Gesicht, es durchfuhr sie: Furchtbares war geschehen. Sie spürte ein Zittern. »Auf Herrn Sothen ist gefeuert worden«, hörte Fanni schon Zeisel rufen, und da änderte das Zittern seine Art, es blockierte ihre Atemwege. »Der Hüttler«, hörte sie. Der Kutscher schnalzte mit seiner Zunge, die Peitschenhiebe gingen auf den Pferderücken nieder, der Tischler ritt vor, Fanni nach Atem ringend, das Zittern selbst war stumm.

Schneller, schneller – sie fuhren die Himmelstraße hinauf, das satte Grün des Juniwaldes, das sie noch am Nachmittag bei ihrer Fahrt hinunter zur Holzstätte als kühlend genossen hatte, hatte plötzlich etwas Ausschließendes. Obwohl es ihr Grund war. Als würde sie jetzt, im Dämmerlicht, genau sehen, was sie schon immer verfolgt hatte: wie sehr sich Hüttler breitgemacht hatte. Fanni hielt ein Taschentuch in der zitternden Hand. Sie war mittendrin, und gleichzeitig ausgesperrt. Der Meierhof kam in Sichtweite. Der Kutscher zog an den Zügeln, der Hals des Pferdes wurde leicht zurückgebogen. Fanni, die schon aufgestanden war, hätte fast das Gleichgewicht verloren. Sie stieg dabei auf ihr Taschentuch, das vom Schoß gerutscht war. »Brr!« – Dort lag er, mit seinem Gesicht zur Seite. Als

Fanni vom Trittbrett des Ausstieges seinen Körper hilflos auf dem Boden liegen sah, kam auch in ihr etwas zum Stürzen. Für einen Moment Mann und Frau im Staub. Schnell eilte die Wirtschafterin Elisabeth zu Fanni, tätschelte ihre Wangen, brachte Wasser, nach dem gerade noch Sothen gerufen hatte. Der Kutscher kühlte unterdessen den Pferdekörper ab. Die Wirtschafterin Elisabeth befeuchtete Fannis Stirn, redete auf sie ein. Tropfen hingen in der schwarzen Mähne, landeten auf den Nüstern. Das Pferd war erfrischt. Fanni öffnete ihre Augen, blickte in die der Wirtschafterin, raffte sich auf, wankte einen Schritt – und bemerkte die Blutlache. Im erneuten Wegsinken sah sie den Schweif des Pferdes zucken. Die Fliegen saßen auf Sothen. Sie war mittendrin, und gleichzeitig ausgesperrt.

»Ich melde, dass ich soeben den Baron Sothen erschossen habe.« Der Polizeibeamte hob den Kopf. »Ich melde, dass ich soeben den Baron Sothen erschossen habe«, sagte Eduard, sagte es ins Licht. Der Polizist sah auf die aufgeschürfte Hand, die gestikulierte, auf die andere, die zu einer Faust geschlossen war, blickte in das gerötete Gesicht mit dem Striemen und dann auf die Jägerhose, die am Knie eingerissen war. »Ich mache ergebenst die Anzeige«, sagte Eduard, nannte seinen vollen Namen, seinen Beruf. Doch der Polizist glaubte ein Schwanken zu bemerken: »Herr Hüttler, setzen Sie sich«, erwiderte er also ruhig. Eduard sah ihn mit glasigen Augen an. »Haben Sie getrunken?«, fragte der

Polizist die Stirn runzelnd. »Ich melde, dass ich soeben den Baron Sothen erschossen habe«, wiederholte Eduard. Der Polizist blickte wieder auf die Faust, die eingerissene Hose, den Striemen. Er konnte daraus schnell eine Geschichte knüpfen, die kein Mord war. Aber es war das erhitzte Gesicht – gefroren war etwas darin. Der Mann, der vor ihm stand, hatte Blut gesehen, wusste der Polizist plötzlich. Blut, das er als Jäger normalerweise nicht sah. Und als hätte Eduard im Blick seines Gegenübers bemerkt, dass er ihm jetzt das Schreckliche zutraute, öffnete sich sein Mund und er sagte: »Ich hab mir nicht anders zu helfen gewusst.« Und nach einer kurzen Pause wieder: »Ich hab mir nicht anders zu helfen gewusst«, als ob das das Schreckliche wäre. »Ist der Baron tot?«, fragte der Polizist. Eduard sah den Polizisten an, ohne zu antworten. Der Polizist wiederholte seine Frage. Eduard sagte nur: »Beim Greißler, dort ist mein Gewehr, der Greißler, gehen Sie dorthin«, und es wirkte wie ein Zuschaufeln der Frage des Polizisten. Der Polizist stand auf. »Meine Kinder«, sagte da Eduard und das Gefrorene schmolz jetzt, »meine Kinder, in der Jagdtasche, die beim Greißler, hab ich was für sie gesammelt –« »Herr Hüttler«, unterbrach ihn der Polizist, »wir müssen Sie auf das Kommissariat nach Döbling bringen.« »Das wollt ich den Kindern am Abend hinlegen, einen besonders schönen –«, sagte Eduard, dann brach er ab, starrte auf den Bauch des fülligen Polizisten, der aufgestanden war, als könnte er dort sehen, wie er jetzt in die Hütte kam, einen besonders schönen Tannenzapfen in der Hand. Der Polizist war um den Tisch herumgekommen. Willenlos streckte Eduard die Arme entgegen, öffnete auch die Faust. Dabei hörte er einen Zapfen auf den Boden fallen. Den Zapfen, der in der Jagdtasche beim Greißler lag.

Während Fanni wieder zu sich kam, wurde der bewusstlose Sothen auf die Kutsche gehoben. Unter ihm Fannis Taschentuch, das niemand beachtet hatte. Fanni wurde in die Kutsche geholfen, sie kniete sich neben Sothen hin. Vorsichtig brachte man ihn ins Schloss. Obwohl es nicht mehr als hundert Schritte von der Meierei entfernt war, schien es Fanni unerreichbar, sie hielt sich an seiner Hand fest, als ob sie es wäre, die auf dem Weg verloren gehen könnte. »Schaffen das«, flüsterte sie, blickte auf die blutdurchtränkte Kleidung, drückte die Hand ihres Mannes fester. »Wir haben alles geschafft.« Berta raus aus dem Taubenschlag, der Kutsche nach.

Im Schloss angekommen hievte man Sothen von der Kutsche, trug seinen Körper behutsam die Stufen empor. »Hinauf ins Zimmer!«, rief Fanni von hinten. Sie blieb den letzten Moment der Hoffnung stehen – nahm dann zwei Stufen, als könne sie sich verspäten, als hätte die Hoffnung sie aufgehalten: Fanni sah, wie sie Sothen auf den Boden beim Eingang legten. Sie fiel neben den massigen Körper auf die Knie. Er verlor noch Blut. Sie näherte sich seinem Gesicht, griff nach seiner Hand. Die Blutlache berührte jetzt die Schuhspitzen einer Witwe.

Berta rannte zur Hütte auf der Rohrerwiese. Juliane blickte aus dem Fenster, den Löffel wollte sie gerade auf den Tisch legen, als sie sah, völlig erstaunt, dass Berta, die sich näherte, unverhüllt war. Juliane schlüpfte sogleich aus der Hütte, den Holzlöffel noch in der Hand. »Die Kinder sind am Einschlafen«, sagte sie zu Berta, die ganz außer Atem war; dass sie schleierlos war, schien ihr gar nicht bewusst zu sein. »Ist was passiert?«, fragte Juliane, ihre Stimme bereits alarmiert. Da sagte Berta: »Sothen ist erschossen worden«, und Juliane fiel der Holzlöffel aus der Hand. »Der Eduard kommt gleich«, sagte Juliane, bückte sich, »hat noch einmal in den Wald geschaut«, ihre Stimme zitterte dabei. »Der Eduard«, antwortete Berta. »Im Wald«, bestand Juliane darauf, als ob sie mit dem Löffel zurück in ihrer Hand weiter im alten Leben aufdecken könnte. »Weggelaufen ist er danach«, sagte Berta. Juliane starrte auf den Löffel. »Der Eduard«, sagte Juliane, »kommt –«, dann versagte die Stimme, so wie die Wirklichkeit.

Sothen wurde die goldumrandete Brille vorsichtig abgesetzt, die Bügel wurden zusammengelegt – so, wie es Sothen jeden Abend vor dem Schlafengehen selbst machte. Man gab Fanni Sothens Brille und sie umfasste sie, als hätte ihr gerade Sothen diese gegeben, um sie auf das Nachtkästchen zu legen. Tränen fielen auf die Gläser der Brille in ihrer Hand.

Tränen fielen auf das Holz des Löffels in Julianes Hand. Berta lief bereits zurück, wurde dabei von einer

Kutsche überholt. Sie erkannte darin den Arzt von Grinzing, er strahlte etwas Gemütliches aus, selbst jetzt, als die Ahnung eines Todesfalles in seinem Gesicht lag. Die Kutsche bog von der Himmelstraße in die Schlosseinfahrt ein.

Trotz der Ahnung war der Arzt betroffen, als er nur mehr Sothens Tod bestätigten konnte; und das Gemütliche, nun gepaart mit Betroffenheit, hatte etwas Entstelltes, als ob der Tod auch auf die Lebenden zugriffe.

Eine zweite Kutsche fuhr an Berta vorbei. Am Schloss wurde unterdessen ein Tuch über den Toten ausgebreitet. Ein Bauschen vor dem langsam In-sich-Zusammenfallen. Fanni glitt dabei aus dem einen Schuh, stellte ihren bestrumpften Fuß auf den Marmorboden und glitt aus dem zweiten Schuh. So stand sie, nur in Strümpfen, vor dem Eingang. Ihre zwei Schuhe benetzt vom Blut.

Fannis Bruder stieg aus der inzwischen eingetroffenen Droschke. Der Arzt kam ihm schon entgegen, teilte mit, was offensichtlich war, der Bruder nickte, als wäre die Nachricht eines Todes selbstverständlich. Er ging sodann auf die Schwester zu, bemerkte dabei das Unpassende ihrer Strümpfe, umarmte sie, die kaum auf ihn reagierte, und machte dann über dem abgedeckten Körper rasch ein Kreuzzeichen. Darauf ordnete er an, die Schwester möge hinauf in ihre Gemächer geführt werden. Er wollte schon die nächsten notwendigen Verfügungen treffen, aber Fanni schüttelte heftig den Kopf, als der Arzt auf sie zutrat. Er wollte sie behutsam am Arm nehmen, seine Hand wurde von Fanni abgewehrt. Der Arzt redete nun leise Fanni zu, doch sie weigerte sich, den Leichnam Sothens zu verlassen. Der Bruder griff ein, er nahm die Schwester barsch an der Hand, sagte: »Du kommst jetzt mit!«, in seiner Stimme die Entschiedenheit des Kreuzzeichens. Er führte sie ins Haus, die Brille hielt Fanni dabei in ihrer Hand umklammert, schritt in ihren Strümpfen. Der Arzt kam ihnen nach. Etwas am Bruder, dem Herrn Gemeinderat, missfiel ihm. Auch wenn sich die Schwester ihm zu fügen schien, lag eine Demütigung darin. »Das Herrische scheint in der Familie zu liegen«, dachte der Arzt bei sich und ging die Treppe hinter ihnen hinauf.

Berta kam zum Schloss. Als sie Fannis Schuhe neben dem zugedeckten Körper stehen sah, hätte sie am liebsten ihre Schuhe dazugestellt. Damit eine Ordnung, irgendeine, wiederhergestellt war. Sie starrte in Richtung des zugedeckten Körpers auf dem oberen Treppenabsatz. Da erst fiel ihr auf, dass sie den Schleier vergessen hatte. Sie musste ihn im Taubenschlag gelassen haben, als sie ihn wegen der Hitze abgenommen hatte und gleich darauf von den Schüssen aufgeschreckt worden war. Sie drehte sich um und rannte zur Meierei, strich sich im Laufen die Tränen aus dem Gesicht, die sich nicht mehr zurückhalten ließen. Während der Ziegeldecker Radda, der den Arzt geholt hatte, sein Pferd versorgte und der ebenfalls losgerittene Tischler Zeisel das Taschentuch mit der blutbefleckten Spitzenborte vom Kutschenboden aufhob und einsteckte.

Juliane ging erst in die Hütte zurück, als sie sicher war, dass auch die älteren Kinder schon eingeschlafen waren. Sie sank auf die Bettkante, starrte vom Löffel in der Hand zur Schüssel auf dem Tisch, und dann zum Haken, an den Eduard immer sein Gewehr hängte.

Fanni war auf ihr Zimmer gebracht worden. »Versuche dich zu beruhigen«, sagte der Bruder. »Ich kümmere mich um alles.« Fanni saß kerzengerade auf ihrem Bett: »Beruhigen«, sagte sie, hielt die Brille in der Hand. Der Arzt, der nachgekommen war, legte sie sanft zurück, bettete den Kopf auf große Kissen, nahm auf einem Polstersessel in einer Ecke Platz. »Wer hat das angerichtet?«, wandte sich der Bruder leise an ihn. »Ein Hüttler«, erwiderte der Arzt. »Hüttler?«, fragte der Bruder. Da kam es vom Bett: »Der Jäger«, und es klang wie erbrochen. Und als könnte sie im Liegen daran ersticken, richtete sich Fanni abrupt auf.

In diesem Moment klopfte es leise an der Tür. Die Gerichtskommission sei eingetroffen, wurde mit gedämpfter Stimme mitgeteilt. Während der Bruder hinunter ging, um diese zu empfangen, wischte sich Fanni über den Mund, blieb aufrecht sitzen und starrte auf die Standuhr gegenüber: »Einen Mörder zu sich geholt«, sagte Fanni, als wäre das eine Zeit.

Kurz darauf klopfte es wieder, der Bruder trat im Gefolge der Gerichtskommission ein. Es stellten sich ein Oberkommissar, ein Revierinspektor, ein Offizial und ein Polizeibezirksarzt vor, sie alle stellten sich mit Namen vor, Fanni merkte sich keinen einzigen. Sie sah stattdessen, wie sich das Rot ausbreitete, sich das Tuch an den Körper legte. Zu Mittag waren sie noch so erleichtert gewesen, endlich hatte er sich durchgerungen gehabt, sie hatten Wein vom Winzer Hengl getrunken, Fleisch mit Genuss verzehrt. Jetzt wünschte ihr die fleischige Hand des Inspektors Beileid. Die Herren stellten vorsichtig ein paar Fragen. Fanni antwortete nicht. Der Arzt schlug vor, die Befragung auf die nächsten Tage zu verschieben. Unterdessen hörte Fanni den Polizeibezirksarzt zu ihrem Bruder sagen: »Verletzte Arterien, Schulterblatt und Lunge – Man wird noch heute Abend eine Obduktion der Leiche veranlassen, die Ergebnisse werden dann Genaueres sagen.« Fannis Mund öffnete sich darauf, doch es kam nur ein jämmerlicher Laut heraus. »Polizeibezirksärzte!«, dachte der Arzt. Fanni öffnete wieder ihren Mund, jetzt ertönte ein Schrei. Die Anwesenden sahen sich betroffen an. Der Arzt bemühte sich, Fanni zu beruhigen. »Keiner greift meinen Mann an!«, hatte sie zu den Worten zurückgefunden: »Raus!« Ihr Gesicht bekam rote Flecken. Der Arzt sprach in sanftem Ton von erforderlichen Maßnahmen. »Nein!«, schrie Fanni. »Raus!« »Wenn du diesen Hüttler am Strang sehen willst«, sagte da der Bruder unwirsch, »sei augenblicklich still!« Fanni verstummte darauf tatsächlich. »Verletzte Arterien«, dachte sie. Der Bruder wischte sich mit einem Tuch über die Stirn. Das Gefühl der Peinlichkeit löste bei ihm Ärger aus, er herrschte den Hausarzt an, er solle seiner Schwester endlich etwas zur Beruhigung verabreichen. Dieser öffnete schon seine Tasche, versicherte, er werde auch die Nacht über im Schloss bleiben. »Schon neun«, sagte darauf der Revierinspektor, Befragungen am Gut zum Tatbestand seien noch notwendig, man wolle nicht die Zeit des Gesindes strapazieren. »Hier muss niemand geschont werden«, erwiderte der Bruder, »außer meiner Schwester.« Die Gerichtskommission empfahl sich. Der Bruder bedeutete den Herren, er werde gleich nachkommen. Der Arzt hielt Fanni noch immer den Löffel hin, sie wehrte weiter ab. »Schone dich!«, sagte der Bruder, als wäre sie nur krank und niemand gestorben, und verließ den Raum. Statt die Medizin einzunehmen, setzte sie sich die Brille auf.

Berta betrat den Taubenschlag. Sie hob den Schleier auf, der auf den Boden gefallen war und beutelte ihn aus. Sie musste an das Tuch denken, das über Sothen gelegt worden war. Als kleines Kind hatte es Berta geliebt, wenn ein Leinen über sie ausgebreitet wurde, als ob sie damals schon geahnt hatte, dass das Verbergen ihre Bestimmung sei. Heute war sie schleierlos gewesen, und heute war er zugedeckt worden. Sie zog sich rasch wieder den Schleier über, griff in den Eimer nach dem Taubenfutter, konnte durch das Rieseln der Körner Sothens Stimme hören: »Die Orientierung ist gestört«; sah durch den Vorhang der herunterfallenden Körner ein Kind im Taubenschlag auf eine gesund gepflegte Taube vergeblich warten. »Die Orientierung ist gestört«, hörte Berta erneut Sothens Stimme durch das rieselnde Geräusch der Körner, und als würden keine Jahrzehnte dazwischen liegen, sah sie jetzt Sothen vor sich – blutüberströmt. Die Hand war regungslos ausgestreckt, als wäre das die Orientierung.

In der Küche der Meierei das Gesinde. »In meine Arme ist er gestürzt!«, die Kuhmagd Marie noch immer unter dem Eindruck der Ereignisse. Der Tischler Zeisel sagte: »So eine Nachricht überbringen müssen«, dachte: »Was macht da schon ein Spitzentaschentuch aus.« »Die armen Kinder und die arme Paschinger!«, schüttelte Josepha, die Wäscherin, den Kopf. »Der Spieß hat mir erzählt«, kam die Wirtschafterin Elisabeth wichtigtuerisch herein, »dass er den Hüttler noch kurz davor im Hof getroffen hat, aus der Gutskanzlei ist er mit seinen Aufträgen gekommen, ganz freundlich gegrüßt hätt der Hüttler ihn. Das hat sich der Verwalter nicht gedacht, dass er da an einem Mörder vorbeigeht. Und der Winzer Hengl erzählt herum«, auch das wusste die Wirtschafterin, »dass der Hüttler durch die Weingärten gelaufen sei, ›Wo rennst denn hin?‹, hätt der Hengl ihm zugerufen, der Hüttler hätt zurückgerufen, entsetzt und zugleich fröhlich – ja, so hat der Hengl es gesagt – ›Du, Hengl, wenn mich Leut verfolgen sollten, ich hab den Baron Sothen erschossen.‹ Und weiter gelaufen sei er, querfeldein, runter zum alten Greißler. Von dem hört man, Hüttler sei ins Geschäft, das Gewehr und die Jagdtasche hätt er hinter den Tresen geworfen und weitergelaufen auf die Wachstube sei er«, die Wirtschafterin Elisabeth schöpfte kurz Atem, bevor sie fortfuhr: »Und der Wirt von der Wildgrube erzählt, dass der Hüttler heut schon beim Betreten ausgeschaut hat, als wollt er raufen, er hätt dann aber ruhig ein Glas bestellt, es geleert und dann noch eins bestellt, mit niemanden hätt er reden wollen, die Stirn in Falten gelegt, hätt er mit düsterem Blick das zweite ausgetrunken, dann sei er gegangen. Na, und wenig später ist er in die Meierei«, und sie schauderte: »Der Hüttler dort an der Mauer des Kanzleigebäudes!« »Die arme Paschinger und ihre Kinder!«, schüttelte Josepha darauf bloß abermals den Kopf. Der Ziegeldecker Radda wandte sich an sie: »Ich hab die Berta runter zur Hütte laufen gesehen.« »Ganz allein steht nun die Paschinger da, eine Katastrophe ist das«, Josepha voller Sorge. »Als hätt es nicht gereicht – !« Die Wirtschafterin Elisabeth laut zu Marie: »Seine Brille hat sie aufgesetzt.« »Wie ich den Hüttler dort weggehen sehen hab«, sagte die Scheuermagd Else, »ich sag euch: Das war, als ob seine Augäpfel schwitzen täten.«

Fanni hörte das Knirschen der Pferdehufen auf dem Kies. Über die Himmelstraße wurde er jetzt auf dem Wagen weggebracht, um dann am nächsten Tag in sein Schloss zurückgebracht zu werden. Das Dazwischen war ihr unerträglich: verletzte Arterien weiter zu verletzen. Der Arzt, der auf dem Sessel in der Ecke des Raumes wachte, hörte auch die Kutsche losfahren und bemerkte die Bewegung in Fannis Gesicht. Er war froh, dass der Bruder nicht im Zimmer war, so hatte die Erschütterung Platz. Abschirmen solle er Fanni, hatte der Auftrag des Bruders gelautet, als er noch einmal kurz im Zimmer aufgetaucht war. »Das mit der Brille«, hatte der Bruder gezischt, »hat sich schon herumgesprochen«, und dabei Fanni die Brille abgenommen, um zu unterstreichen, was er mit dem Abschirmen meinte. »Willst du unsere Familie zum Gespött machen?«, hatte er Fanni angeherrscht, die daraufhin sofort aufgehört hatte, sich dagegen zu wehren; dann hatte er den Raum verlassen. »Der Bruder selbst im Unglück ein Gemeinderat«, hatte der Arzt gedacht und für einen Moment Fannis brillenloses Gesicht als Wunde empfunden.

Je weiter sich die Kutsche entfernte, desto hilfloser war Fannis Gesichtsausdruck. Der Arzt kannte genau die Schritte, die man bald an Sothens Körper ausführen würde. Als hätte Fanni seine Gedanken gelesen, fragte sie ihn jetzt vom Bett aus, was man mit ihrem Mann machen werde. Der Arzt antwortete, man bringe ihn morgen zurück. Doch was davor mit ihrem Mann geschehe, wollte Fanni wissen. Man werde die exakte Todesursache herausfinden, sagte der Arzt, fügte hastig hinzu, wie wichtig das sei. Man solle sie hinbringen, sagte sie da, sie wolle dabei sein. Der Arzt sagte, das wolle sie bestimmt nicht und dachte: »Aber ich wäre gern dabei.«

Berta verließ den Taubenschlag. Sie hörte Stimmen aus dem offenen Fenster der Wirtschaftsküche. Beim Näherkommen sah sie im hell erleuchteten Fenster die

Köpfe des Gesindes. Sie drückte sich an die Wand des Kanzleigebäudes. Hier hatte Eduard gestanden. Und nicht weit davon war Sothen am Verbluten gewesen. Einen Moment ging sie in die Knie, fuhr mit ihrer Hand mehrmals über den Erdboden, als könnte sie so beides ungeschehen machen.

Sothens nackter Körper lag auf dem Tisch. Es war spät, aber Sothen bekannt. Der Gerichtsarzt murmelte: »An Hunger ist er nicht gestorben«, und nahm das Skalpell.

»Juliane Paschinger?« Als es an der Tür geklopft hatte, hatte Juliane für einen unvollkommenen Augenblick geglaubt, es könnte Eduard sein. Er klopfte nie. Sie hatte den Löffel, den sie so lange in der Hand gehalten hatte, zurück auf den Tisch gelegt, war zur Tür gegangen und hatte aufgemacht. Eine Gruppe Polizisten hatte im Schein einer Laterne gestanden. »Juliane Paschinger?«, hatte einer daraus laut gefragt. Sie trat schnell vor die Hütte, schloss die Tür hinter sich, sagte leise: »Die Kinder schlafen.«

»Der Hüttler jähzornig«, »Weggenommen die Kinder womöglich der Paschinger«, hörte Berta Satzfetzen, sie erhob sich, wischte ihre Hand an der Schürze ab, blieb im Dunkeln stehen: Sie wollte nicht alleine sein. Da ging die Tür der Wirtschaftsküche auf. Sie lief schnell davon. »Dort ist wer gestanden!«, hörte sie hinter sich Zeisels Stimme in die Küche zurück rufen. »Das wird doch nicht der Sothen gewesen sein«, rief der Ziegeldecker Radda hinaus und einen Moment lachten alle. Nur Zeisel blickte angestrengt in die Dunkelheit, zuckte die Schultern und öffnete seinen Hosenstall.

Ob die Frau Sothen nicht ihre Strümpfe ausziehen wolle, fragte ein Dienstmädchen zaghaft in den Spalt der Tür. Der Arzt legte den Zeigefinger auf den Mund. Das Mädchen schloss sachte die Tür. Fanni hielt ihre Lider geschlossen. Dachte wieder an Mittag zurück, ihre Erleichterung über die gefällte Entscheidung. »Gott möge ihnen beistehen«, hörte sie Sothens Stimme und erschrak über ihre Unmittelbarkeit. Und als müsste sie den Verlust seiner Stimme übertönen, begann sie zu schreien.

»Ein Geist war das keiner!«, konnte Berta noch hören. Man herrschte Zeisel an, er solle nicht so laut sein, denn man schämte sich dafür, dass man gerade selbst gelacht hatte. Zeisel schloss seinen Hosenlatz und stolperte zurück in die Wirtschaftsküche, zeigte dort Richtung Schloss: »Ich kann die Frau Sothen hören.« Da stand der Ziegeldecker Radda auf und sagte: »Geschunden ist der Hüttler worden«, dann wünschte er eine Gute Nacht.

Berta hörte ebenfalls die Schreie, bevor sie das Schloss betrat. Dort sah sie Fannis Bruder am Ende des Flurs. Ohne dass sie auch von ihm entdeckt worden war, gelangte sie in ihre Kammer zurück. »Schon jetzt ein Geist«, dachte sie.

»Ganz ohne Erregung?«, fragte der Inspektor. »So ist er fort«, wiederholte Juliane. Ob ihr sonst etwas aufgefallen wäre. Sie schüttelte den Kopf. Wie lange

Hüttler im Dienst von Sothen gestanden sei. »Zehn Jahre«, antwortete Juliane. Ob Sothen jemals Hüttler bedroht hätte. »Bedroht«, dachte Juliane, seufzte und schüttelte erneut den Kopf.

Eduard kauerte am Zellenboden in eine Decke gehüllt. Als wollte er nicht an die auf ihn wartende Schüssel in der Hütte denken müssen, stopfte er das Brot, das ihm gebracht worden war, in den Mund, die wenig zerkauten Bissen schlang er hinunter wie ein Tier. Es hatte heute Sothen erlegt. »Jetzt werde ich ihn nie wieder los.«

Juliane kehrte in die Hütte zurück, lehnte sich an die Wand, sank auf den Boden und bedeckte das Gesicht mit den Händen. Der leere Haken über ihr, auf dem Tisch die Schüssel mit dem Essen, daneben der Löffel.

»Die ersten Reaktionen«, kam der Bruder herein und legte Eilbriefe der nach den Schreien nun vor sich hin starrenden Fanni auf das Bett. »Sie sind nicht allein«, versuchte der Arzt den in der Stimme des Bruders mitschwingenden Stolz in Anteilnahme zu verwandeln. Fanni warf tatsächlich einen Blick auf die Schreiben. »Der päpstliche Botschafter Vannutelli hat noch nicht geschrieben«, murmelte sie und legte sie auf die Seite. Sie rutschten von der Bettkante und segelten auf den Boden.

»Ob uns die Frau Sothen morgen kontrollieren kommt?«, fragte Else, die Scheuermagd, in die Stille, die nach Raddas Aufbruch zum Gesindehaus entstanden war. Niemand antwortete. »Die Paschinger will ich jetzt nicht sein«, erhob sie sich schließlich ebenfalls. »Der Paschinger muss unter die Arme gegriffen werden«, meinte die Wäscherin Josepha, schob Brösel auf der Tischplatte zusammen. »Die Frau Sothen will ich nicht sein«, sagte die Wirtschafterin Elisabeth und Marie, die Kuhmagd, nickte. »Na, ich will der Sothen nicht sein«, sagte der Tischler Zeisel. Josepha fing die Brösel vom Tisch in ihrer Hand auf: »Der Hüttler will ich nicht sein.«

Eduard hockte am Boden der Zelle, vergrub sein Gesicht in seinen Armen.

Juliane stand auf und ging zum Bett. Sie blickte auf die Kinder. Noch ahnten sie nichts.

»Schrotkörner in der Lunge und dem Herzbeutel«, murmelte der Gerichtsarzt, »schauen wir uns einmal das Zwerchfell an.«

Berta in ihrer Kammer blickte vom Bett auf die Kleidung über der Stuhllehne, den Schleier am Bettpfosten, die Schuhe bei der Tür. An Fannis ausgezogene musste sie denken.

Fanni stand auf, schlüpfte mit ihren Strümpfen in die gesäuberten und glänzenden Schuhe. Der Arzt war eingenickt. Mit der Öllampe in der Hand ging sie den Gang entlang, im Haus war es still. Sie kam zu seinen Räumen, betrat sie. Das Goldene Verdienstkreuz mit der Krone hing an der Wand, die große goldene Salvatormedaille der Stadt Wien, für die sie extra einen Schaukasten von Zeisel hatten anfertigen lassen, der päpstliche St. Silvester- und der Gregoriusorden, der

Orden vom heiligen Grabe, der königlich sizilianische Orden Franz I. und das Ritterkreuz des Sachsen-Ernestinischen Hausordens erster Klasse – alles war da, und nicht ein Orden musste geradegerückt werden. Fanni hielt es hier nicht aus.

Sie befand sich wieder im Gang, nahm dieses Mal die Treppe hinunter. Einen Moment stand sie im Eingangsbereich, bog aber in den Salon. Sie ging mit ihrer Öllampe weiter ins Esszimmer, wo sie über die elfenbeinernen Serviettenringe auf der Kredenz strich. Ein Geschenk zur Hochzeit waren sie gewesen und noch immer so wie vor Jahrzehnten. Und dort das Salzgefäß, nach all den Jahren intakt – plötzlich war ihr der Anblick unerträglich. Sie lief zurück in den Eingangsbereich und weil sie Sothen im Unbeschädigten nicht finden konnte, öffnete sie die Haustür. Dort fiel sie auf die Knie.

Berta glaubte ein Geräusch vom Gang zu hören, sah vor sich Fannis Schuhe, auf und ab, auf und ab.

»Verwahren«, dachte Juliane, die schlafenden Kinder neben sich, das hatten die Polizisten gesagt: Eduard würde diese Nacht in Döbling verwahrt sein, morgen zum Landesgericht überstellt werden.

Der Arzt schreckte hoch: Fanni lag nicht mehr in ihrem Bett. Nur kurz konnte er eingenickt sein, sie hatte es abgewartet, dachte er und er dachte es mit Unmut, als ob der Bruder auf ihn abgefärbt hätte. Er fand sie dann schnell und schämte sich sogleich dafür. Sie kniete noch immer. Als er sie ansprach, hob sie ganz langsam den Kopf, ihre Augen beschädigt.

Wieder sah Berta Fannis Schuhe, auf und ab, auf und ab.

Der Gerichtsarzt rieb sich die Augen und begann zu diktieren: »An der rechten und linken Achsel, in der linken Rücken- und Lendengegend sind zusammen über achtzig Wundstellen festzustellen, durch welche die Schrotkörner (eine Patrone bis zu sechzig Schrotkörner) durchgedrungen sind. Von den an diesen Stellen eingedrungenen Schrotkörnern durchbohrten mehrere die rechte Lunge, andere die linke Lunge, den Herzbeutel, das Zwerchfell und die Milz. Fast alle inneren Brustorgane sind somit verletzt. In die Brusthöhle sind aus den zahlreichen Wunden viereinhalb Liter frisches Blut eingetreten. Obgleich Sothen kein gesunder Mensch war, vielmehr an verschiedenen Krankheiten litt, ist sein Tod einzig und allein die notwendige Folge der ihm zugefügten Verletzungen. Keine ärztliche Hilfe hätte den Tod abwenden können. Der Tod musste unabwendbar in Folge innerer Verblutung eintreten.«

»Wann hat er den Entschluss gefasst?«, dachte Juliane und drehte den Kopf zu den Kindern. »Dass wir was finden, hat er mich noch in der Früh beruhigt!« Am Abend war sie dann zwar überrascht gewesen, dass er noch einmal weg müsse. Aber er hatte es ganz unaufgeregt gesagt. Die Jagdflinte hatte sie ihn erneut umhängen gesehen, so wie immer, wenn er aus dem Haus ging. »Hat er da schon den Entschluss gefasst und gesagt: ›Wärm mir das Essen auf‹ – ?«

Keine Geräusche kamen mehr von draußen; trotzdem konnte Berta nicht schlafen. Sothen war tot, Eduard ein Mörder. Könnte man alles wie Schuhe ausziehen.

Nun im Gesindehaus die müden und dennoch schlaflosen Gutsarbeiter. Josepha murmelte: »Der Sothen raubt uns jetzt sogar den Schlaf.«

Berta griff an ihren Hals: Das Silberkettchen von ihm. Eine Halskette könnte man ausziehen.

Fanni, zurück im Bett, auf Sothens Seite. Mit offenen Augen auf seiner Seite.

»Wärm mir das Essen auf.« Die Schüssel mit dem wieder kalt gewordenen Essen auf dem Tisch. Immer wieder würde Juliane Eduard das Essen aufwärmen. Mit offenen Augen auf seiner Seite.

Eduard bekam kein Auge mehr zu.

Nur Sothen ruhte.

Bellevue

Geld rastet nie«, sagte Sothen zum Portier des päpstlichen Botschafters. Er sagte: »Das hat es mit den Armen gemeinsam.« Oder er sagte: »Wirst du's nicht dieses Mal, dann das nächste.« Und: »Das Leben ist ein Los.« Auch: »Treffer gibt's für jeden!« Gerne: »Immerzu möglich, in der Wechselstube Geld anzulegen.« Dem Vogelhändler aus dem Haus erklärte er: »Gewinnen ist eine Frage des Durchhaltens«, und fügte hinzu: »Wie bei den Brieftauben.«

Der Vogelhändler kaufte noch ein Los, ganz gegen seine Gewohnheit, denn seine Gewohnheit war, sich nur ein Los leisten zu können.

»Der Sothen ist ein Naturtalent«, sagten die Leute. »Der Sothen ist gewandt, als hätt er in Bücher geschaut.« Sie sagten: »Dem Sothen vertrauen die Heiligen und die nicht so Heiligen« und »Für den Sothen sind alle gleich«. Brunner sagte in einer benachbarten Trafik zu seiner Frau: »Der Sothen behauptet von sich, er kenne die Zahlen von innen«, und da drehte die Schwester seiner Frau interessiert den Kopf: »Die Zahlen von innen?«

Und während Fanni sich weiter erkundigte: »Wer sagt das?«, wurden in der Trafik am Hof die Ziehungsergebnisse überbracht. Sothen ließ sie von einer Schreiberin notieren, ging seine Listen durch, die er zur

Sicherheit der Kunden anlegte. »Der Vogelhändler!«, rief er aus und kurzerhand lief er die Treppe des Hauses hoch in den letzten Stock, in welchem der Vogelhändler wohnte. Er klopfte schon gegen die Tür des Vogelhändlers. Sie ging auf: Aber es war nicht nur das Gesicht, sonst immer hinter einem Tuch verborgen. Sothen drängte in den Raum. In das Gurren vom Dachboden aus der Ecke ein Röcheln. Der Vogelhändler versuchte sich noch aufzurichten. Sothen stürzte zu ihm, wollte wieder loslaufen, um einen Arzt aufzutreiben. Da hielt ihn der Vogelhändler an seinem Ärmel zurück. Sothen war erstaunt über den Griff. Irgendwo vom Dachboden ein Aufflattern. Der Vogelhändler flüsterte: »Meine Tauben!«, und wies auf Berta, als wäre sie alle Tauben zusammen. Dann fiel er zurück, den Mund noch zum Atmen geöffnet, aber schon ohne Atem. Am Bettende das Mädchen mit der Hasenscharte. Es gurrte. Ihre Schultern, vorher noch hochgezogen, hingen jetzt herab. Eine Entspannung der Schultermuskulatur bedeutete zunächst der Tod ihres Vaters. Es gurrte. Vom Gewinn wusste niemand.

Sothen hielt beim Hinuntergehen der Treppe eine Kinderhand. Dass da jemand kam, ihre Hand nahm, nicht einmal beachtete, ob sie ein Tuch trug. Berta drehte sich beim Verlassen immer wieder nach dem toten Vater um, sie tat dies auch noch auf der Treppe, als könnte er ihr folgen.

Während Sothen alles regelte, überließ er das Kind seiner Schreiberin, die verstohlen auf das Mädchen blickte, das auf dem Schemel die Beine angezogen hatte, die Arme darum geschlungen, das verunstaltete Gesicht auf die Knie gelegt.

»Sie schnäuzt sich mit einer Kopfbewegung, als würde sie Gefieder pflegen«, dachte Sothen, als er in die Lottokollektur zurückkam. Ja, etwas Taubenhaftes wohnte dem Kind inne, auch das unruhig umherwandernde Auge, und jetzt, als sie abermals an seiner Hand ging, in ihren Bewegungen, die einem Trippeln ähnelten. Die Nacht über werde er sie bei sich aufnehmen, hatte Sothen die Schreiberin informiert, die insgeheim froh gewesen war, dass sie nicht darum gebeten worden war.

Sothen sprach auf dem Weg von einem Onkel in Brünn, der benachrichtigt worden sei und morgen in der Früh kommen werde. Das Mädchen reagierte nicht.

Zu Hause ließ Sothen ein Bett herrichten, Berta blieb weiter stumm. Erst als Sothen das Licht löschte, hörte er in die dunkle Stille: »Die Tauben.« Morgen werde sich ihr Onkel um alles kümmern, erwiderte Sothen. »Die Tauben«, sagte das Mädchen wieder, »die Tauben.« »Sie werden ein neues Zuhause finden«, sagte Sothen. »Ich bin ihr Zuhause«, sagte darauf das Mädchen und begann zu weinen.

Als der Onkel am nächsten Tag vor der Tür stand, drückte sich das Mädchen in den Raum hinein, statt nach vorne zu kommen. Sothen schüttelte die Hand des Onkels, er konnte es sofort riechen, während Berta in der Nähe der Fenster stand. »Die Gastwirtschaft reicht kaum für mich allein«, sagte der Onkel zu Sothen, sah ihn aus geschwollenen Augen an. Dann ging er mit erstaunlich sicherem Schritt auf Berta zu. »Wie ein erschrockenes Aufflattern«, bemerkte Sothen erneut das Taubenhafte. Der Onkel sagte: »Du kommst mit nach Brünn«, und hielt ihr ein Tuch hin. »Sogar noch im Trinken hat er an das Verhüllen gedacht«, und Sothen ging ein Fenster öffnen. Berta verbarg schnell ihr Gesicht, blickte aber zum Fenster, als ob sie hinausfliegen wollte.

Während die Tür zur Kammer, die sie gestern verlassen hatten, aufgesperrt wurde, spürte Sothen den Griff des Mädchens an seiner Hand stärker werden. Er ließ die Hand los, sie verharrte im Eingangsbereich, als wäre das gar nicht mehr ihre Wohnung, einstweilen stiefelte der Onkel schon in der Kammer herum. Sie solle ihre Habseligkeiten zu einem Bündel schnüren, hielt er Berta an. Berta kletterte aber als Erstes die Leiter hoch, gelangte durch eine Öffnung zum Dachboden des Hauses, in dem ihr Vater den Taubenschlag eingerichtet hatte. Der Onkel wickelte bereits etwas in ein Tuch ein, schaute sich dabei nach dem nächsten Brauchbaren um. Sothen stand die ganze Zeit bei der Leiter, hörte das Mädchen mit den Tauben sprechen, den Onkel sah er jetzt eine Schnapsflasche entdecken, diese sogleich öffnen. Da erst dachte er an das Los. Der Onkel setzte die Flasche an die Lippen. »Das ganze Geld dahin wie der Schnaps«, dachte Sothen. Der

Onkel wischte sich mit dem Handrücken über den Mund. Inmitten des großen Verlierens der Gewinn. Der Onkel sackte vor dem nächsten Schluck einen weiteren Gegenstand ein, das Los würde er genauso an sich reißen. »Ich bräuchte nur den Losbeleg«, dachte Sothen, und er fühlte sogleich den Sog des einmal Gedachten und die Schwäche darin. Er sah wieder zum Onkel, der abermals einen Schluck tat. Und plötzlich hatte er es sehr eilig und kletterte die Leiter hoch, überall Taubenkot. Er kniete sich neben Berta, holte aus seiner Tasche ein altes Los und hielt es ihr unter das Tuch. »So ein ähnliches Papier«, sagte Sothen. »Irgendwo muss es sein.« Und da stand Berta tatsächlich auf, ging wortlos zur Leiter, kletterte hinunter, und Sothen konnte von oben sehen, wie sie zu einer Kommode ging, eine Lade öffnete, zuerst ein Ding herausholte, das sie dem ihr nachschauenden Onkel brachte, dann zurück zur Kommode ging, in ihre Rocktasche etwas steckte und die Lade leise schloss. »Bald fertig?«, hörte Sothen den Onkel, während Berta die Leiter wieder hinaufkletterte, aus ihrer Rocktasche das zog, was Sothen nie so schnell gefunden hätte. Sie überreichte ihm wortlos das Los. Er wollte etwas erwidern, das Los war aber schneller eingesteckt. Sie streute weiter Körner aus. »Ihre Stärke, meine Schwäche«, schoss es Sothen durch den Kopf.

Die wenigen Dinge wurden in dem Pferdekarren verstaut, und Berta, die nie eine Mutter kennengelernt und ihren Vater gerade verloren hatte, stand neben dem fremden Onkel, die rechte Hand geschlossen, das Gesicht hinter dem Tuch. Sothen streckte seine Hand aus: »Ich werde die Tauben nachschicken lassen.« Da öffnete sie ihre, Körner fielen auf den Boden. »Klaub es besser auf«, sagte der Onkel. »Ich geb keinen Kreuzer für Taubenfutter aus!« »Ich werde dafür aufkommen«, erwiderte Sothen, hob das Mädchen in den Wagen, der Onkel stieg auf den Kutschbock, die Peitsche ging schon auf den Pferderücken nieder, am Knall schien der Onkel sich zu laben. Sothen sah dem Pferdekarren nach. Berta blickte, mit dem Tuch über dem Gesicht, zurück wie auf ihren toten Vater.

Als er in seiner Wohnung das Gewinnerlos herauszog, bemerkte er an einer Ecke eine Spur Taubenkot. »Verwahrlosung«, schüttelte Sothen den Kopf, als ginge es um den Schmutz, der hätte vermieden werden können; während die Entwendung nicht vermieden worden war. »Von mir wird sie unterstützt werden«, daran wollte Sothen denken, mit seinem Fingernagel kratzte er den Kot ab, dachte vielmehr an die vorderen Kirchenbänke: »Eine Spende«, nahm er sich vor. Die Kirchenbänke, das Holz wie der Taubenschlag, nur ohne Kot – so wie das Los jetzt. »Bald gehöre ich zu euch.«

»Vom Sothen und seiner Spende reden alle«, hörte Brunner in seiner Trafik seine Frau sagen. »Der Sothen und der gute Zweck«, murmelte Brunner. »Geerbt hätt er völlig unverhofft von einem entfernten Verwandten.« »Schon der Verwandte ein Wohltäter«, Brunners Kommentar. »Und was macht er: spendet gleich einen beachtlichen Betrag.« »Der Sothen hat das Gespür fürs Geld«, sagte da Fanni, die zugehört hatte. »Der wär ja was für dich!«, lachte darauf ihre Schwester: »Er hat das Gespür für das Geld, und du denkst wie das Geld.« »Geld denkt doch nicht«, erwiderte Fanni, fügte hinzu: »Deswegen muss das jemand für das Geld übernehmen.«

Wie bei einer sich ankündigenden Krankheit waren es zuerst schleichende Veränderungen – etwa ein Kopf da, ein Kopf dort, der sich nach ihm auf der Straße umdrehte. Als das Ansehen dann zum Ausbruch kam, sah man es deutlich an der Art des Grüßens. Sothen wurde gegrüßt, bevor er es tat. Das Geld hatte die Grußrichtung umgedreht. Zu Sothens eigener Überraschung hatte durch diese eine beträchtliche Summe, auf die er durch eine Spende aufmerksam gemacht hatte, der Aufstieg begonnen.

Nun sah man Sothen beim Gottesdienst in der Kirche zu. Aber er betete auch zu Hause. Vor allem dann, wenn die Erinnerung ihn niederdrückte: Ein Kind hatte er dazu aufgefordert, und es hatte das Los für ihn gefunden; ganz ruhig war Berta ihm zu Hilfe gekommen; hatte es ihm gegeben, als gehörte es nicht ihr. Und Bertas damalige Ruhe verstärkte Sothens Unruhe. Er musste Frieden finden, über das Beten, denn im Gegensatz zur monatlichen finanziellen Zuwendung, die der Onkel vertrank, zeigte das Beten, ähnlich dem Geld, die Richtung nach oben.

»Sie kümmern sich persönlich um ein Waisenkind in Brünn?«, fragte Fanni und Sothen erzählte, während Fanni ihn ansah. »Dass er gar nicht davon zu reden aufhört«, dachte sie und er dachte: »Das hätte ich nicht geglaubt, dass mir das Kind so eine Frau näherbringen könnte.« Und Fanni wusste, wem sie nähergebracht werden wollte: Es war der Mann, der die Zahlen von innen kannte, der Mann mit dem Gespür fürs Geld. Und sie könnte noch mehr zum Vorschein bringen. Nämlich neben diesem Mann, das hatte sie von Anfang an geahnt, musste sie nicht dumm sein.

Auf Sothen hatte Fannis Nähe eine ähnliche Wirkung wie das Gebet, denn sie wies in dieselbe Richtung: nach oben.

»Der Sothen hat selbst noch nie ein Los gekauft«, hieß es nun öfter bei der Pferdetränke. »Der Sothen erkauft sich nur was, mit seinen Spenden«, hieß es im Umkreis der Waschtröge. »Dass er alte Spielkarten gesäubert und wie neu verkauft hat, stört keinen«, in Wirtshäusern. »Emporkömmling«, vor der Kirche. Ja, er war aufgestiegen.

Niemand konnte das gefährden. Niemand, außer Berta. Doch Berta war für die anderen ein Niemand. Sothen kaufte ihr hingegen ein Silberkettchen mit einem Kreuz als Anhänger.

Als er sie in Brünn in der heruntergekommenen

Gaststätte des Onkels besuchte und ihr das Kettchen umlegte, als der Verschluss einhakte, hatte er das Gefühl von Richtigkeit. Berta hatte nicht nur noch nie ein Schmuckstück bekommen, sie hatte früh begriffen, dass das etwas für andere war – und dass dies nicht nur am fehlenden Geld lag. Die unerwartete Nähe von so etwas Schönem, gerade noch Unerreichbarem ließ Berta auf eine eigentümliche Art strahlen, wie auf einem Votivbildchen, eine Heilige mit Hasenscharte. Als sie ihm an dem Tag den Taubenschlag zeigte, den sie für die Tauben bei der Scheune hinter der Gaststätte eingerichtet hatte, und stolz sagte: »Sie würden noch bis zur Trafik zurückfinden«, war es dieser Satz, gepaart mit dem Heiligen an ihr, der ihm eingab: Nicht nur Geld, sondern auch Zeit konnte man besitzen.

Sothen hatte die Brieftauben nicht oft von Brünn nach Wien fliegen lassen. Jedes Mal nicht glauben können, dass die Ziehungsergebnisse aus Brünn tatsächlich vor Setzungsschluss in Wien ankommen würden. Im Grunde genommen nur Berta eine Freude machen wollen.

Berta stand vor dem Taubenschlag wie eine himmlische Gestalt. Der Schleier wehte und ihr Gesicht war licht. Die Tauben im Kobel, ein Gurren: Berta war noch nie gebraucht worden. Das Silber des Kettchens legte sich über die Fenster der vorbeifliegenden Häuser, als Berta zur Lottostube an der großen Straße lief und sich die Zahlen merkte. Das Blau des darüberliegenden Himmels tief. Die Hasenscharte entfallen, die Zahlen nicht.

Berta war schon zurück bei der Gaststätte. Beim ersten Mal hatte Sothen in Wien gebetet. Sie würde nun die Ziehungszahlen aufschreiben. Sothen hatte nicht bemerkt, wann dieser Gedanke das Gebet abgelöst hatte, selbst zu einer Art Gebet geworden war. Berta öffnete das Türchen des Verschlags und befestigte die Nachricht am Taubenbein, die Taube schwang sich in die Lüfte, Berta blickte ihr nach, fuhr das Kettchen entlang.

Sothen machte sich auf den Weg zu seiner Trafik, ging die Stiegen im Haus hinauf, an der ehemaligen Kammer des Vogelhändlers vorbei, kletterte die steile Treppe hoch zum Dachstuhl, der für alle des Hauses begehbar war. Die frühere Öffnung zur Kammer hinunter war mit Brettern verriegelt worden, der Schlag wie eh und je, nur mit frischem Futter. Er ging zur Dachluke und hielt Ausschau. Und da kam sie. Als die Taube mit einer Nachricht um das Bein das erste Mal auch noch vor Setzungsschluss einflog, hatte Sothen ein unübertroffenes Gefühl – federleicht wie das Seidenpapier, auf dem die Zahlen standen.

An dem Tag, an dem Sothen die Zeit zum ersten Mal besaß, gab es keine Eile: Die Ziehungsergebnisse, die er aus Brünn erhalten hatte, zerriss er, ohne auf sie noch schnell hier in Wien zu setzen. Er wusste, dass er damit an die Kirchenbänke ganz vorne heranrückte. Und niemand würde nachfragen, saß er einmal dort. Bis dahin würde er das machen, was die anderen auch machten: sich dem Geld anvertrauen, sich der Zeit anvertrauen. Spenden und Gott danken.

Und hörte er in der Kirche eine Frau ihrer Nachbarin zuflüstern: »Schau ihn dir an, er will so sehr dazugehören! Es wird ihm aber immer unser Geld fehlen«, lehnte er sich zurück. »Ich habe die Zeit.« Wer die Zeit besaß, konnte nicht eingeholt werden. Nicht einmal vom schlechten Gewissen.

Und auch Fanni, die er nicht weiter mit dem Waisenkind beeindrucken konnte, nicht weiter zu unterhalten vermochte mit Geschichten über gesund gepflegte Tauben, die nicht mehr in den Taubenschlag zurückfanden, weil die Orientierung gestört war, hatte er gewonnen. Denn Fanni pochte ebenso auf die Vermehrung von Geld. Überall wurde Richtung mehr Geld gedrängt. Das war die Orientierung für Sothen.

»Sie ist jetzt Prokuristin des Hauses J. C. Sothen«, flüsterte eine Frau mit großem Hut ihrer Nachbarin zu, deutete mit dem Kinn schräg auf Fanni zurück, »Schönheiten hätte er haben können.« »Die Hochzeit soll ein Spektakel gewesen sein«, erwiderte die Sitznachbarin. »Aufsteiger, nichts weiter«, antwortete die Frau mit dem großen Hut. »Der Adel kennt keine Aufsteiger«, sagte die andere, während sich der Priester, der die Hostie verteilte, langsam näherte. »Wer heut nicht alles schon Geld hat«, seufzte die Frau mit dem großen Hut.

»Und wir hätten gedacht, nur die Juden«, und sie öffnete den Mund, um die Hostie entgegenzunehmen, ihr Hut leicht schwankend.

»Warum eigentlich nicht Lose in Raten bezahlen können?«, fragte Fanni nach der Messe. Es war die Hostie gewesen, Woche für Woche.

»Die Fanni will nun auch Lose in Raten zahlen lassen«, bekam Brunner erzählt. »Noch mehr könnten sich so ein Los leisten, sagt die Fanni.« »Die, die sich eigentlich keins leisten können, aber eins kaufen sollen?«, antwortete Brunner. »Sie sollten nicht spielen dürfen?«, entgegnete seine Frau. »Die Portiere und Diener haben ihm die Türen zu den geistlichen Herrschaften geöffnet, die Armenlotterie hat er noch auf die Provinzen ausgedehnt«, sagte Brunner, »muss er dann noch obendrein die Ratenzahlung einführen? Damit er noch mehr Geld einnimmt – und sich noch größerer Spenden rühmen lassen kann.« »Er kümmert sich auch um ein Waisenkind in Brünn.«

Sothens Besuche in der Brünner Gastwirtschaft waren seit seiner Hochzeit seltener geworden. Berta hatte Fanni überhaupt nur ein einziges Mal gesehen und das nicht bei der Hochzeit.

Nach einem Besuch in einem Kloster, das in der Nähe der Gaststätte lag, hatte Sothen ihr Berta vorgestellt. Fanni hatte ausschließlich von dem Kloster gesprochen, davon, dass die Oberin nicht hatte aufhören wollen, die Bedeutung ihrer Spende zu betonen. Nicht mehr länger hatte sie sich loben lassen wollen, sagte

Fanni so, als seien sie nur deswegen hier bei Berta, und um das Lob noch zu verlängern. Berta hörte still zu, während es Sothen freute, das Silberkettchen an ihr zu sehen. Das Schummrige der Gaststätte, die blutunterlaufenen Augen des Onkels hinter dem verwaisten Tresen, das notdürftig Geflickte des Schleiers, die durchschimmernde Entstellung dahinter, Fanni bedrückte es. Sie brachen bald auf.

Beim Abschied fragte Berta Sothen, ob die Tauben gar nie mehr für ihn arbeiten sollten. »Arbeiten!«, lachte darauf Fanni auf. »Das war doch ein Spiel, Berta«, sagte Sothen schnell und sah, wie getroffen Berta war.

»Das mit den Tauben?«, fragte Fanni dann auf der Heimfahrt nach Wien. »Ein Spiel eben«, antwortete Sothen ohne sie anzusehen. »Und wer hat dabei gewonnen?«, fragte Fanni.

Sothen beschäftigte, dass Berta etwas wusste, von dem sie gleichzeitig nichts wusste. Fanni wiederum spürte, dass Sothen ihr etwas verschwieg. Wäre es ein Geheimnis, hätte sie das akzeptieren können, aber dass eine wie Berta es auch kennen sollte und sie nicht, brachte sie auf. Auch, dass Sothen über Berta als sein Waisenkind sprach, störte sie immer mehr. »Sobald er eigene Kinder hat, wird sich das ganz von selbst geben«, sagte Fannis Schwester, die insgeheim froh war, selbst kinderlos geblieben zu sein. Am Abend rieb sie Brunner dann erneut unter die Nase, wie sehr sich Sothen um das Waisenkind kümmerte. »Mehr kümmert er sich noch um seinen jüngsten Einfall, das Promessengeschäft«, erwiderte Brunner, »jongliert mit dem Geld herum, und alle jubeln ihm zu, als wär's eine Zirkusnummer.« »Ein Mal die guten Seiten sehen«, seufzte seine Frau. »Nicht jeder hat so viele wie der Sothen«, antwortete Brunner.

»Ein voller Erfolg!« Sothen und Fanni stießen auf das Promessengeschäft an. »Unsere erste Promesse müssen wir einrahmen und über den Schreibtisch aufhängen lassen«, beschloss Fanni. »Auf das Spiel!«, hob Sothen wieder das Glas. Fanni prostete ihm zu, sagte, mit roten Wangen, dass sie sich als Kind immer so ein Leben vorgestellt habe; als wäre das Leben ein Spiel mit einem Spiel, das man selbst gar nicht spielte. Wie sich Sothen sein Leben vorgestellt habe, fragte sie da, bevor sie den nächsten Schluck nahm. Sothen zuckte mit den Schultern, antwortete schließlich, dass er sich gar nichts vorgestellt habe, dass er dem Vater in der Trafik geholfen und gewusst habe, dass er diese eines Tages übernehmen würde. »Das hast du gewollt als Kind?«, lachte Fanni, »nur die Trafik des Vaters?« »Ja«, sagte Sothen ernst. »Ohne Vorstellung kein Geld«, sagte Fanni zum Dienstmädchen, das ihr nachschenkte. »Ohne Geld kein Geld«, dachte Sothen, während ihm eingeschenkt wurde. »Am Himmel wäre übrigens ein Gut zu haben«, sagte er da. »Ein Gut?«, richtete sich Fanni auf. »Wohnt dort in der Nähe nicht der Zauberer vom Cobenzl?« »Dieser Stuttgarter«, schüttelte Sothen den Kopf. »Ein angesehener Chemiker war er, aber dann in Wien, ausgerechnet, will der Reichenbach die ›Lebenskraft Od‹ entdeckt haben.« »Von seinem ›Od‹ sprechen gern die Damen nach der Kirche«, sagte Fanni, »leuchten tut's angeblich.« Sothen winkte ab: »In den Ruin wird sie ihn treiben, seine leuchtende Lebenskraft! Schau dir Schloss und Meierei an – verkaufen wird er früher oder später müssen.« Fannis Augen blitzten auf. »Zuerst fangen wir mit dem Himmel an«, Sothen mit dem Lächeln eines zukünftigen zweifachen Gutsbesitzers. »Außerdem«, er fuhr am Rand des Glases entlang, »denke ich an eine Kapelle.« »Kapelle?« »Zu Ehren des frisch vermählten Kaiserpaares.« Fanni lächelte: Er hatte sehr wohl gelernt, sich etwas vorzustellen. »Und eines Tages wird sie unsere Begräbnisstätte«, sagte Sothen und hob erneut das Glas. »Davor wird aber noch ein Adelstitel erworben«, sagte Fanni mit einem Leuchten, stieß an und leerte das Glas in einem Zug.

Als sie dann nach Mitternacht im Bett lagen, war die Stille überall, auch zwischen ihnen, die sich gerade noch über die Vorstellung ausgetauscht hatten. Sothen dachte an das Gut am Himmel. Und plötzlich musste er an Berta denken, die Gaststätte, in der sie half. Fanni hatte unterdessen die Kapelle vor Augen, obwohl sie erst gebaut werden sollte; und den Adelstitel; und das Kinderzimmer. Sie streckte ihre Hand in die Stille aus.

»Herr Sothen, wir freuen uns bereits aufs Aufspielen! Gratuliere noch einmal zum Himmel!« »Herr Major«, Sothen verbeugte sich. »Ja, die Einweihung der Kapelle steht jetzt tatsächlich kurz bevor!« »Und der Ausblick vom Gut«, schwärmte der Major. »Gold wert«, nickte Sothen. »Und irgendwann erstehen wir das Nachbargut am Cobenzl dazu«, er lachte herzlich: »Wir unsere eigenen Nachbarn!« »Eine große Belegschaft muss da dann hinauf«, der Major imponiert. »Es wird Arbeit gebraucht, kommt also günstig«, erwiderte Sothen. »Die Leute strömen alle in die Stadt, und uns soll's recht sein!«, lachte nun der Major. »Christenmenschen sollen sie halt sein«, äußerte Sothen. »Ja«, sagte der Major ernst, »wer ein Christenmensch ist, ist ein guter Soldat.« »Ein guter Soldat, ein bescheidener Mensch«, und Sothen fügte an: »Die Missgunst ist der größte Menschenfeind.« Der Major stimmte zu: »Auf das konzentrieren, was man selber hat, so wenig es auch ist.« »Das Geheimnis für Frieden«, sagte Sothen. »Ja, gefährliche Tendenzen gibt es unter denen aus der Gosse«, pflichtete der Major bei. »Sie versammeln sich«, der Major sprach leiser, »bei den Armenküchen, sprechen andere junge Männer an, mit Zahnlücken wie Sechsjährige. Wir müssen aufpassen!« Sothen nickte. »Passen Sie auch auf, wer bei Ihnen zu arbeiten anfängt!« »Meine Gattin übernimmt das«, erwiderte Sothen. »Eine Gesellschaft braucht Ruhe, keinen Aufruhr«, sagte der Major, »Armenküchen am besten zusperren, selber Essen austeilen und so im Auge behalten. Und die Anführer?«, dachte der Major laut weiter: »Meine Soldaten tun das Ihre.«

»Ich habe den Major getroffen«, kam Sothen nach Hause, »die Militärkapelle ist für die Eröffnung bereit.« Fanni sprach darauf von den zwei Festzelten, die sie am Vorplatz der Kapelle zu beiden Seiten aufstellen lassen wollte, sie sprach von Fahnen in den Landesfarben, sie zählte die Namen der Gäste auf, die schon zugesagt hätten – der Architekt Garben natürlich, ebenso Kupelwieser, der die Enthüllung seines Altarbildes nicht versäumen wolle, und Abt Adam vom Stift Klosterneuburg. Auf der Liste standen noch der päpstliche Botschafter, zahlreiche Geistliche und die Gemeindevorstände der Nachbarorte, die sich gleichfalls angemeldet hatten. Fanni nannte außerdem den Arzt von Grinzing und Namen von Richtern. Von den Richtern kam sie zum Blumenschmuck, Bollerschüsse sollten die Schlusssteinlegung verkünden, und am Abend dürfe auf eine Beleuchtung auch der nahe liegenden Gebäude nicht vergessen werden. »Und deine Schwester und der Brunner?«, Sothen überrascht, dass Fanni sie noch gar nicht erwähnt hatte. »Haben gleich zugesagt«, sagte Fanni. »Und Berta?«, fragte Sothen. »Ist doch zu weit weg«, murmelte Fanni und zog es vor, nicht zu erwähnen, dass sich die Oberin des Klosters in der Nähe von Brünn geehrt fühlte. Stattdessen fuhr sie fort: »Mein Bruder bringt noch einen Staatsanwalt mit.«

»Das Agnesbründl ist in der Nähe von hier«, sagte Fannis Schwester in der Kutsche auf dem Weg zur Einweihungsfeier, »Sothen lacht über die Weiber, die hartnäckig ihre Augen mit dem Wasser betupfen, um die Lottozahlen erkennen zu können.« »Die Weiber sind seine Kundschaft«, erwiderte Brunner. »Ganze Städte sind seine Kundschaft«, versetzte seine Frau.

»Dass der Sothen aber den Haupttreffer der Faschingsdienstag-Armenlotterie jedes Jahr so ausstellen muss – da läuft doch den Armen das Wasser im Mund zusammen«, hörte Brunner nach dem offiziellen Festakt eine Frau hinter vorgehaltener Hand zu einem anderen Gast sagen. »Die geistlichen Herren scheinen sich nicht daran zu stoßen«, wies der andere mit dem Kinn zum Festzelt auf der rechten Seite. »Solange sie ihre Ersparnisse anlegen können«, erwiderte die Frau. »Bezaubernde Einweihung!«, rief sie Fanni zu und sagte leise: »Die Frau Sothen führt sich auf wie ein Mann. Unterzeichnet angeblich mit ihrem Namen statt des der protokollierten Firma und will partout nicht einsehen, warum die Behörden sich aufregen.« »Wen wundert's, dass sie keine Kinder bekommt«, der andere Gast darauf.

Am Abend nach der Einweihung der Elisabethkapelle ging Sothen anders als zuvor ins Bett. Schon als er das Zimmer betrat, um zu beten, lag im Gebet etwas Schnelles, als würde es ihn anstatt wie sonst hin- nur ablenken. Als er schließlich im Bett lag, Fanni die Brille reichte, klangen in ihm noch die Böllerschüsse nach, der weiße Stoff des Zeltes bewegte sich leicht im Wind, er spürte den Druck der Hände, die seine geschüttelt hatten. Es brauchte gar kein Gebet mehr, jetzt, nachdem er eine Kapelle hatte errichten lassen. Man sah zu ihm auf. Er war das Oben.

Fanni schmiegte sich an ihn. »Nun fehlen nur noch die Nachkommen«, flüsterte sie in sein Ohr.

»Alle haben sich eingefunden!«, meinte Fannis Schwester zu ihrem Mann im Bett. »Ob er auch Freunde hat?«, murmelte Brunner. »Der Sothen ist eben ein Finanzgenie«, sagte seine Frau. »Vielleicht ist es ja die Fanni«, erwiderte Brunner.

»Der Brunner hat mir eine Ausgabe der *Presse* für dich in die Hand gedrückt«, sagte Fanni, als sie in die Wechselstube kam. »Die Einweihung sei unvergesslich gewesen, hat er gemeint.« »Fast ein dreiviertel Jahr hast du deine Schwester gar nicht gesehen?« »Sie kränkelt ja immer herum«, sagte Fanni und gab Sothen die Zeitung. Er schlug sie auf, erblickte schon die Zeitungsnotiz, las laut: »*Herr Sothen zeigt in einer Annonce den Verkauf der Fürst Palffy'schen Lose an, und bringt hierbei dem Publikum zur Anschauung, dass man mit nur 1 Gulden 50 000 Gulden gewinnen kann*«, beim letzten Satz schmunzelte er: »*Obwohl sich dieses leicht jedermann berechnen kann, so ist es von Genanntem doch sehr praktisch, das Publikum hierauf aufmerksam gemacht zu haben*. – Ich predige den Leuten nur ihr Glück«, lachte Sothen, zeigte auf den Messner, der draußen stand. Als er sich entschlossen hatte hereinzukommen, fragte Fanni freundlich: »Sie wollen Geld anlegen?« »Hochwürden lässt ebenfalls anfragen«, sagte der Messner, der schon längst entschlossen gewesen war. »Wir haben gerade die Konzession zur Güterlotterie erhalten«, erwiderte Sothen. »Vielleicht wäre das auch etwas für Hochwürden?« »Gegen 10 Gulden ein Herrschaftsgut im Wert von mehreren 100 000 Gulden«, meinte Fanni. »Die Möglichkeit allein ist das schon wert«, sagte Sothen.

»Die Konzession zur Güterlotterie –«, zog Sothen am Abend im Bett Fanni an sich. »Den Doktor, den ich dir bei der Einweihung der Kapelle vorgestellt habe, erinnerst du dich?«, erwiderte sie. »Doktor?«, Sothen noch immer bei der Güterlotterie. »Er ist Spezialist auf dem Gebiet«, sagte Fanni, ärgerte sich über ihre Stimme. »Gott vertrauen«, sagte Sothen, küsste sie auf die Wange. »Der Doktor hat mir eine Kur verschrieben.« »Berta hat übrigens bald ihren zehnten Geburtstag«, sagte Sothen. Fanni versteifte sich augenblicklich. »Die Kur hat schon vielen Frauen geholfen«, sagte sie, sie war kaum merklich von Sothen abgerückt. Sothen zog sie zurück zu sich: »In ein paar Jahren ziehen wir mit unserer Wechselstube auf den Graben, mit Kindern an der Hand!«

»Natürlich hängen sie dem Sothen jetzt auch noch lauter Auszeichnungen um – der Kaiser das Goldene Verdienstkreuz, die Stadt Wien die Salvatormedaille!«, sagte Brunner. Seine Frau richtete sich mühsam im Bett auf: »Mehr als 100.000 Gulden hat er den Invaliden des Offiziers- und Mannschaftsstandes vom Feldzug gegen Preußen gewidmet.« »Er hat so viel Geld«, winkte Brunner ab. »Achtzehn verwundete Offiziere hat er am Schloss in Verpflegung genommen, persönlich«, ließ sich seine Frau wieder in die Kissen sinken. »Persönlich!«, lachte Brunner auf: »Seit er vor drei Jahren das neue Bankhaus am Graben bezogen hat, ist er doch nur dort.« »Die Fanni meint, in ein paar Jahren können sie es zu einem Höchstpreis weiterverkaufen.« »Ums Geld kümmern sie sich persönlich«, nickte Brunner. »Neid ist eine Todsünde«, sagte seine Frau mit schwacher Stimme. »Habgier auch«, antwortete Brunner.

»Der Sothen hat alles aus dem Nichts geschaffen!«, bewunderten ihn die Leute. »Wie der Kaiser, der einen Ring baut!« »In erster Linie haben wir nur Staub«, erwiderte jemand.

Fanni schlug in der Früh das *Neue Fremden-Blatt* auf. Sothen war schon längst aufgestanden. Die letzten Wochen hatte er schlecht geschlafen, der Verkauf der Wechselstube beschäftigte ihn, wusste Fanni, auch wenn er nicht darüber sprach und nur zustimmen wollte, wenn er im Vorstand bleiben konnte. Gestern hatte er einen Verkauf platzen lassen. »Wer meine Wechselstube bekommt, bestimme ich!«, war er am Abend wütend nach Hause gekommen. Heute las Fanni: »*Aus ›konfessionellen‹ Gründen soll Herr Sothen die Verhandlungen wegen des Verkaufs seiner Wechselstube abgebrochen haben. Man sollt's nicht glauben*«, Fanni lachte verächtlich, »*und doch wird uns allen Ernstes mitgeteilt, Herr Sothen habe erklärt, sein Geschäft nicht verkaufen zu wollen, wenn ein Jude in demselben angestellt werden sollte. Da man ihn diesbezüglich nicht genug zu beruhigen vermochte, weigerte sich Herr Sothen die Verhandlungen weiterzuführen.*« Sie faltete die Zeitung: »Fünf Kreuzer kostet dieses Blatt«, und legte sie kopfschüttelnd weg: »Wer die Wechselstube bekommt, bestimmen wir.«

Brunner las seiner Frau ein paar Tage später aus der *Wiener Sonn- und Montags-Zeitung* vor: »*Sollen wir wirklich ausführliche Untersuchungen über den Zusammenhang anstellen, der im Geiste des Herrn Sothen zwischen dem katholischen Katechismus und einer Wechselstube besteht? Sollen wir ferner uns in Erörterungen darüber einlassen, ob Geschäftsbücher den Stempel christkatholischer Gesinnung an sich tragen können und ob ein jüdischer Buchhalter im Stande ist, den Wert dieses Gepräges zu beeinträchtigen? Wir halten es für überflüssig, uns dieser Mühe zu unterziehen, und sind überzeugt, dass sich unsere Leser diese Fragen selbst beantworten werden, und zwar, wie wir durchaus nicht zweifeln, in einem Sinne, der von den Anschauungen, die den Wechsler Sothen beleben, weit abliegt.«* Brunner hob den Kopf. »Die Leser, die in meine Trafik kommen«, murmelte er. »Der Bruder sagt, sie fürchten sich halt«, sagte seine Frau. »Noch vor ein paar Jahren hätten sie sich nicht so laut zu fürchten getraut,« erwiderte Brunner. »Verdrängt wird niemand gern«, meinte sie. »Der Sothen fürchtet sich bestimmt nicht vorm Verdrängen«, lachte Brunner auf. »Einer wie der Sothen braucht sich vor überhaupt nichts zu fürchten«, sagte er und fuhr murmelnd fort: »Außer vor sich selbst.«

»Der hiesige Bankier Sothen wurde in den sächsischen Freiherrnstand erhoben«, Fanni strich die Zeitung glatt und küsste Sothen. »Nicht nur zweifacher Gutsbesitzer, auch noch Baron!« Sie reichte ihm die goldene Brille vom Nachtkästchen. »Das hat gedauert«, sagte Sothen, setzte sich die Brille auf, »wenn ich bedenke, dass ich den Titel nicht erst gestern erworben habe.« Dann lächelte er Fanni an: »Frau Baronin!« »Ich muss es sofort meiner Schwester mitteilen«, sagte Fanni. »Den Brunner wird das ärgern«, nickte Sothen: »Ich werde nie sein Gesicht vergessen, als ich mich über die ausgehandelte, zehn Jahre laufende Tantieme am Reingewinn der von der Handelsbank übernommenen

Wechselstube freute. Und erst beim Erwerb des Cobenzl-Guts!« »Ob er jetzt, wo sie wieder so krank ist, gnädiger wird?« »Die Cholera müsst sie da schon haben – das Fieber vor vier Jahren hat sich nicht auf ihn ausgewirkt.« »Fürchten sollt er um sie«, sagte Fanni und fügte nahtlos an: »Der neue Förster wird auch nicht bleiben, wenn er so weiter macht.« »Vielleicht hilft die Drohung einer Kündigung ja bei ihm!«

Juliane stand neben ihm in der Hütte, murmelte: »Es ist feucht.« »Das Fenster«, Eduard legte den Kopf schief, »muss repariert werden.« »Es sind die Ritzen«, sagte Juliane. »Ich lass mir was einfallen«, sagte Eduard und küsste sie in den Nacken. »Das Feuchte setzt sich auf mich«, murmelte Juliane. »Juliane«, er drehte sie zu sich, »wir«, und küsste ihre blassen Lippen, »werden ein schönes Leben haben.« Der vierzehn Monate alte Sohn reckte die Arme in die Höhe, die neugeborene Tochter, um die Brust gebunden, schlief.

Am Abend streckte Eduard seinen Arm über die Kinder zu Juliane aus. »Sie werden hier aufwachsen«, sagte er. »Ja«, sagte Juliane, spürte den Luftzug durch die Ritzen, rückte näher an die Kinder heran, »ja« und die Fingerspitzen ihrer Hand berührten seine.

»Der neue Waldhüter – nicht nur eine Geliebte, auch noch zwei kleine Kinder!«, rief Sothen aus. »Das hat das Gehalt gedrückt«, erklärte Fanni, »und als Leibjäger ist er vertrauensvoll.« »Schlampige Beziehungen«, stieß sich Sothen hingegen nach wie vor am Verhältnis. »Er hat versprochen zu heiraten«, sagte Fanni und dachte: »Sie wird schon dahinter sein, so einen Mann, und selbst schaut sie zehn Jahr älter aus, als sie ist.« »Na, wenn ich mich auf ihn verlassen kann, die letzten waren ja ein reines Fiasko«, erwiderte Sothen. »Ich hätte keine Zeit mit Drohungen vergeudet«, antwortete Fanni. »Im Hüttler hast du dich hoffentlich nicht getäuscht«, Sothen darauf – »wann will er heiraten?«

»Spät ist es heut wieder geworden«, sagte Juliane, als Eduard nach Hause kam. In dem einen Monat, den sie nun hier waren, hatten sie nur selten gemeinsam zu Abend gegessen. »Der Sothen hat eine wichtige Besprechung gehabt, mit einem der Hochwürden.« »Hochwürden trifft er, eine Kapelle lässt er bauen, aber für die Reparatur des Fensters müssen wir selber aufkommen – ich hab heut noch einmal die Baronin gefragt.« »So eine Summe beachtet niemand, und dass wir sonst einen Schnupfen kriegen, auch nicht«, sagte Eduard, ließ sich auf den Stuhl fallen. »Er soll sich aber bloß keinen Schnupfen beim Beten holen«, sagte Juliane, »nicht einmal, wenn er als Toter in seiner Kapelle liegt.« Eduard schob die Schüssel heran. Juliane murmelte: »Der Sothen ist doch ein Angeber, im Beten und im Tod.« »Du solltest erst die Hochwürdigen Herren sehen«, sagte Eduard, nahm den Holzlöffel. »Stimmt es, dass sie Parfum tragen, wie die feinen Damen?« Eduard zuckte die Achseln, sah sie an: »Du bist eine feine Dame«, er sagte es ernst. Juliane strich sich mit dem schmutzigen Handrücken über die gefurchte, verschwitzte Stirn, die tief in den Höhlen liegenden verschatteten Augen belustigt: »Fein nicht, aber in den Himmel komm ich geradeso wie die«, sagte sie, drehte sich nach den zwei schlafenden Kindern um, die Schulterblätter stachen unter dem zerschlissenen Stoff hervor. »In den Himmel kommt nur der Sothen«, erwiderte Eduard.

»Die hat was Aufmüpfiges, die Paschinger«, sagte Fanni zur Begrüßung zu Sothen. »Mit seiner Arbeit bin ich zufrieden«, erwiderte er. »Die Herumfragerei wegen des Fensters – dabei sollt sie dankbar sein, dass sie überhaupt hier sein darf«, meinte Fanni. »Heute hat er lang auf mich warten müssen in Sievering, um mir den Weg hinauf zu leuchten«, sagte Sothen. »Ganz konzentriert hat er sich im Dunklen, ob da niemand lauert. Weißt eh, wie finster es ist im Gspöttgraben.« Fanni schauderte jetzt: »Ja, ich hab mir schon Sorgen gemacht.« »Um mich muss man sich doch keine Sorgen machen«, erwiderte Sothen, »komm her!«, und er küsste Fanni auf die Stirn.

»Woanders kaufen, sagt die Frau Baronin«, begrüßte Juliane Eduard am nächsten Abend mit einem Kopfschütteln, »wo denn?« »Ich bin froh, dass es den Kindern gut geht«, meinte Eduard nur, hinter ihm lag ein langer Tag, vor ihm ein erneuter. »Ich versteh's aber noch immer nicht«, Juliane strich über den kleinen Kopf der Tochter an ihrer Brust. »Das Stück Brot kostet zwei Kreuzer, und den Laib haben sie in fünfzig Stücke geschnitten.« Der Sohn zeigte auf das Gewehr und den Haken beim Eingang. »Aber angeblich kaufen sie das Brot um achtundvierzig Kreuzer ein.« »Die Leut reden immer viel«, seufzte Eduard, »Kann mir nicht vorstellen, dass der Sothen an jedem Laib Brot ganze zweiundfünfzig Kreuzer verdienen will«, und Eduard hängte das Gewehr auf. »Die Leut erzählen auch, dass der Sothen einem Tischler versprochen hätt, ihn bei sich zu haben, bis ans End seines Lebens, weil seine Hofhunde, die hätten das Tischlerkind angefallen und zugerichtet. Aber den versprochenen Lohn hätt er ihm gleich ein Jahr drauf gekürzt, weil's angeblich nicht genug Arbeit gegeben hat.« »Und wo ist der Tischler jetzt?« »Er wollt nimmer bleiben, und dieser Zeisel hat hier angefangen.« »Zeisel«, murmelte Eduard. »Und dann«, erzählte Juliane weiter, »sind sie einmal krank geworden, in der Meierei, Typhus, heißt's, aber der Sothen hätt überhaupt keinen Arzt herbringen wollen.« »Ich glaub Geschichten nicht, nur weil ich sie hör«, sagte Eduard und setzte sich: »Heut essen wir zusammen.«

»Vielleicht will der Herr Baron«, Fanni reichte Sothen die Sauciere, »den Arbeitern einmal erklären, dass der Laib Brot, den sie um einen Gulden von der Gutsverwaltung in der Meierei beziehen können, nicht überteuert ist.« »Wenn ihnen das Brot zu teuer ist«, goss Sothen Soße über den Braten, »dann sollen sie's halt woanders beziehen.« »Das mein ich auch«, sagte Fanni.

»Die Arbeiter haben keine Ahnung, was einen so ein Gut kostet, und ich trag die ganze Last«, griff Sothen nach Messer und Gabel.

In der Wirtschaftsküche sagte unterdessen der neue Tischler Zeisel: »Da erkennst plötzlich was, musst dich nur in den Dreck knien und das Quellwasser vom Agnesbründl auf die Augerl tun.« »Erkennen?«, blickte die neue, blutjunge Scheuermagd Else in die Gemeinschaftsschüssel. »Ja, zum Beispiel die richtigen Lottozahlen«, nahm Zeisel einen Holzlöffel. »Ob das der Sothen auch so gemacht hat?«, fragte sich Else darauf. »Der Sothen macht sich doch nicht schmutzig«, langte der Ziegeldecker Radda zu. Die Wäscherin Josepha sagte: »Nicht, dass er am End sich selbst erkennt.«

»Ich mag die Nacht«, sagte Juliane leise, »der Wald kommt mir da heller vor.« »Du, du bist hell«, flüsterte Eduard zurück, um die Kinder nicht aufzuwecken. »Das Helle ist da«, erwiderte Juliane und legte seine Hand auf ihren Bauch. »Wir müssen es dem Sothen sagen, wir können nicht länger warten«, sagte Eduard. »Wenn er uns verjagt –«, wisperte Juliane, sie konnte die Wärme seiner Hand spüren. »Wird er nicht«, erwiderte Eduard. »Glaubst du?« »Einer wie der Sothen ist doch ein Aufsteiger«, Eduard mit gesenkter Stimme. »Er kennt das Drunten.« »Und seine Frau?« »Seine Frau«, Eduard dachte nach, »seine Frau«, sagte er nach einer Pause, »liebt das Geld.« »Den Sothen aber auch«, verteidigte Juliane zu ihrer eigenen Überraschung diese Frau, die sie bis jetzt nur abfällig behandelt hatte. »Ja«, flüsterte Eduard, »aber sie liebt ihn, wie sie Geld liebt.« »Macht's wie der Sothen«, meinte Juliane. »Nein«, flüsterte Eduard, »Sothen liebt nicht das Geld, der liebt es, bewundert zu werden.« Und nach einer weiteren Pause: »Er liebt sie anders als sie ihn. Deswegen wird der uns nicht verjagen.«

»Ein Kleinkind und einen Säugling mitschleifen, ein Jahr später gleich noch einmal schwanger werden – und all das unverheiratet!« Fanni war empört. »Du hast sie mir eingebrockt!«, fuhr Sothen Fanni an. »Schick sie weg!«, forderte sie. »Ich kann sie nicht einfach wegschicken«, sagte Sothen, »das spricht sich sonst herum.« »Sie haben bereits einmal zu heiraten versprochen!« »Ja, dir!«, rief Sothen. »Sie sollen fort!« »Ich kann sie nicht einfach wegschicken!«, wiederholte Sothen, stand verärgert auf, sein Stuhl kippte beinahe um. »Der Hüttler hat sein Wort gegeben. Ich muss jetzt hinunter in die Stadt«, und er stürmte aus dem Raum.

»Wir dürfen bleiben!«, freute sich Juliane, die mit den Kindern vor der Hütte schon Ausschau nach Eduard gehalten hatte. »Ich hab ihm das Heiraten noch einmal versprechen müssen«, sagte Eduard in ihre Umarmung. »Wird in seinen Geschäften untergehen«, sagte Juliane, streichelte über seine Wange. »Wenn wir nur Geld auf die Seite legen könnten«, Eduard roch das

Essen in ihren Kleidern. »Dafür müsst er uns mehr geben«, erwiderte Juliane, das eine Kind zupfte an ihrem Rock. »Aber wenn wir«, ließ Eduard nicht ab. »Es geht sich nicht aus«, unterbrach ihn Juliane, hob das Kind hoch. »Und ausborgen?« Das andere Kind begann zu weinen. »Wer soll uns was borgen, Eduard?«, sagte Juliane in das Weinen. »Und wie sollen wir was zurückzahlen, bald sind wir zu fünft!« Das Kind schrie jetzt. »Aber ich versprech nicht gern was –«, schüttelte Eduard den Kopf. »Nimmst endlich das andere Kind, bitte!«, sagte sie.

Mit welcher Leichtigkeit die anderen Kinder bekamen, obwohl sie es sich gar nicht leisten konnten. Fanni blickte auf die erste gezogene Promesse, die das Haus Sothen so erfolgreich gemacht hatte und über dem Schreibtisch hing. »Keine Kinder an der Hand«, dachte sie, und es gab ihr einen Stich.

Am Abend kam Sothen und steckte Fanni eine Brosche an: »Ich hätte mich nicht so aufregen sollen«, entschuldigte er sich. Sie blickte auf die Brosche, sagte: »Dieses Kind sicher nur passiert.« Sothen drückte sie an sich: »Ich bin glücklich mit dir allein am Himmel.«

»Jetzt wird's schon früh dunkel«, drehte sich Juliane zur Tür, als Eduard hereinkam. Er streichelte seinem zweijährigen Sohn über den Kopf, der im Löffeln innehielt, dann seiner einjährigen Tochter, die auf Julianes

Schoß gefüttert wurde. »Deine Wangen sind kalt«, sagte Juliane, als er sie küsste. Eduard ging das Gewehr an den Haken hängen. »Einen zweiten Winter, ohne dass zumindest das verzogene Fenster richtig repariert ist –«, sagte Juliane, während Eduard aus seinen Stiefeln stieg. »Kannst du vielleicht noch einmal mit dem Sothen reden?«, fragte sie. »Wir kriegen das Geld einfach nicht zusammen.« Dem Buben fiel der Löffel auf den Boden. Juliane wollte sich mit dem anderen Kind auf dem Schoß, eine Wölbung schon sichtbar, bücken. Eduard hob schnell den Löffel auf. »Von mir aus bitt ich ihn morgen ein weiteres Mal, ob er nicht doch die Kosten für die Reparatur übernehmen kann«, versprach Eduard und reichte seinem Sohn den Löffel. Das Mädchen spuckte Brei aus.

»Schärf das dem Hüttler ein«, begrüßte Fanni unterdessen Sothen: »Im Wald ist das Sammeln von Holz verboten. Da kann einer noch so mit dem Erlaubnisschein zum Sammeln herumwedeln, das sind nicht die Kaiserlichen, das sind die Sothen'schen Reviere! Nach mehr als einem Jahr sollt er das eigentlich verstanden haben.« »Sobald Schnee liegt, ist eh Ruh«, ließ sich Sothen in einen Polstersessel fallen. »Und die Paschinger«, beschwerte sich Fanni, »ist nachlässiger geworden«, sie blickte aus dem Fenster in den dunklen Abend, »weil ihr angeblich noch immer so übel ist«, sagte sie verärgert.

»Ich wollt fragen, wegen der Kosten für die Reparatur des Fensters«, stammelte Eduard am nächsten Tag in der Kanzlei der Meierei. »Hüttler, ich glaube nicht, dass wir Ihnen was schuldig sind«, erwiderte Sothen. »Nur weil halt, im letzten Winter und jetzt ihr Zustand«, stammelte Eduard weiter. »Ja, am besten wär's, wenn wir für alles aufkommen würden, nicht? Das Fenster, die Hochzeit, vielleicht noch ein zusätzliches Kind?«, sagte Sothen.

»Die Wirtschafterin hat gekündigt«, kam Fanni in die Kanzlei und blickte Eduard nach: »Was hat denn der Hüttler, dass er so eine Miene macht?« »Wieder das Fenster«, winkte Sothen ab. »Und die Schaffnerin in der Meierei«, berichtete also Fanni weiter, »beklagt sich, dass sie den Liter Milch, den sie in Wien nicht verkaufen kann, ersetzen muss, und auch noch um zwei Kreuzer mehr. Aber würde sie nicht das bisserl mehr dafür zahlen müssen, würde sie gar nicht schauen, dass sie irgendwas verkauft.« »Das Personal nur am Jammern und unzuverlässig«, schüttelte Sothen den Kopf. »Die Kuhmagd will Ende November ebenfalls gehen.« »So arm sind sie gar nicht, wie's immer heißt«, meinte Sothen, »wenn man sich's noch aussuchen kann.« »Der Einzige, der bleiben will, ist der Hüttler«, lachten sie da beide über Eduard.

»Die Weltausstellung in Wien wird er also nicht mehr miterleben«, faltete Sothen die Nachricht zusammen. Fanni, die im offenen Fenster in den ersten warmen

Sonnenstrahlen stand, schaute ihn fragend an. »Bertas Onkel ist gestorben.« »Von der Weltausstellung hätt er auch sonst nicht viel mitgekriegt.« »Wir müssen uns um sie kümmern«, sagte Sothen. »Hat er nichts hinterlassen?« »Eine verschuldete Gastwirtschaft«, erwiderte Sothen. Einen Moment herrschte Schweigen. Dann bestimmte Sothen: »Sie kommt aufs Gut.« »Hierher?« Sothen nickte. »Bei den Kühen fällt die hochschwangere Paschinger eh ununterbrochen aus«, knüpfte Fanni an. »Berta muss doch nichts arbeiten!« »Und die Tauben?«, fragte darauf Fanni. »Ein untrügliches Gespür für Unangenehmes, wie es vermieden und kreiert werden kann«, musste Sothen da denken.

Als hinter Berta die Gastwirtschaft langsam verschwand, verschwanden mit dieser all die Jahre, die sie dort verbracht hatte: die Erinnerung abbruchreif wie die Gaststätte. Die Tauben, die sie gezüchtet hatte, bat sie mitnehmen zu dürfen, das Taubenhafte an ihr selbst war abgefallen. Sothen erlaubte es ihr, als wollte er an seine einstige Schwäche sogar erinnert werden. Die Zeit hatte er einmal besessen, und niemand wusste davon. Auch Fanni würde nie davon erfahren. Denn sie würde die Schwäche nur kleiner machen wollen. Aber die Schwäche war so groß, dass sie ihn stärker als die anderen gemacht hatte.

Fanni hatte Berta gleich zu verstehen gegeben, dass sie den Schleier auf dem Gut für angebracht hielt. Ausdrücklich hätte sie das nie gesagt, denn sie wusste, dass sie damit Sothen verärgerte.

Sein gleichgültiges Verhalten Bertas Verunstaltung gegenüber stieß Fanni im Grunde genommen mehr ab als Bertas Hasenscharte selbst. Manchmal dachte sie daran, wenn sie im Bett lagen, seine Hand wie zufällig in ihr Rüschenbeinkleid gerutscht.

»Schau, da ist die mit dem Schleier«, sagte Juliane vor der Hütte. »Ich geh sie begrüßen«, sagte Eduard, ging darauf auf Berta zu, die auf der Rohrerwiese gelandet war. Er streckte die Hand aus und stellte sich vor: »Hüttler, der Waldhüter.« Berta stand nur da, blickte auf Eduards roten Bart. Eduard sagte sogleich: »Du kümmerst dich um die Tauben, stimmt's«, sagte es so, als wäre es eine Arbeit wie die eines Försters. Berta nickte langsam hinter ihrem Schleier. »Wir wohnen hier auf der Rohrerwiese, die Juliane gehört zu mir«, und er winkte zur Hütte und Juliane, den Bauch vorgestreckt, winkte zurück. »Und die auch«, zeigte er auf zwei Kinder ein wenig weiter im Gras.

Sothen beobachtete in den nächsten Wochen, wie gerne Berta mit den Kindern des Försters spielte. Er wusste, dass Berta nie näher an ein Kind als an das der anderen kommen würde, und er freute sich für Berta, auch wenn er sie, die er nie bemitleidet hatte, in diesem Moment bedauerte. Dass Fanni noch immer damit haderte, keine Kinder bekommen zu haben, blieb ihm nicht verborgen, aber erzeugte kein Mitleid, obwohl es ihn selber betraf. Denn es lag in Gottes Hand. Bertas Ausgeschlossenheit war aber kein Gottesurteil, es war bloß eine Hasenscharte.

»Füttert die Tauben oder kümmert sich um ihren Dreck, sie glaubt, das ist Arbeit«, belächelte sie die Kuhmagd Marie, die selbst neu war, vor dem Stall. »Und jeden Tag eine warme Mahlzeit garantiert«, sagte die durch Marie ermunterte neue Wirtschafterin Elisabeth. Zeisel, nicht mehr ganz so neu, sagte, ein Brett in der Hand: »Wir wohnen wie die Tiere«, und der Gesichtsausdruck meinte: »Und dieses hier wohnt in einem Zimmer im Schloss.« »Mit einem silbernen Ketterl um den Hals«, sagte die Scheuermagd Else. Der neue Kellermeister Trübwasser sagte nichts.

Dass man sie beneiden konnte, an diese Möglichkeit hatte Berta gar nicht gedacht. Für einen Moment fühlte sie sich sogar geschätzt, der Neid machte sie normal. Erst als sie die Bemerkung des Ziegeldeckers Radda hörte: »Im Käfig vom Sothen seiner Gunst«, überkam sie ein Gefühl der Beschämung. Eine Beschämung, die daher rührte, dass sie sich gefangen frei fühlte.

»Von der Weltausstellung im Mai reden alle«, sagte Zeisel zu Josepha, sie standen draußen, es war ein schöner Apriltag. »Ich geh das neue Kind vom Hüttler anschauen«, sagte Josepha, »das ist meine Weltausstellung.« Und durch das offene Fenster: »Else, hast du alles eingepackt? Los mit uns!«

Fanni sagte im Schloss: »Der Hüttler führt sich auf, als wär er das erste Mal Vater geworden.« Und: »Die

Paschinger wird bald wieder auf den Beinen sein müssen, sonst bekommen sie das Geld für die Hochzeit nie zusammen.«

Berta, die gerade von der Rohrerwiese kam, stieß im Wald auf Josepha und Else. Berta blickte auf das zu einem Zopf geflochtene schwarze Haar der Scheuermagd, die vorgestreckte Brust unter der Schürze, die wohlgeformten Arme, die einen Korb voller Gaben von den Gutsarbeitern anlässlich der Geburt trugen, und dazu Elses Gesicht: frische Wangen, weiche rote Lippen. Aber so frisch auch Bertas Wangen waren, so weich auch ihre roten Lippen, niemals würde ihr Mund geküsst werden. Josepha fragte: »Warst du schon beim Hüttler seinem neuen Sohn?« Berta nickte bloß. »Könnt ja was Freundliches sagen«, dachte Else, als sie weitergingen. Berta blickte ihnen hinterher und dachte: »Ich bin schon immer eine Wäscherin Josepha.«

»Hör dir das an«, weckte Fanni ein paar Tage später in der Früh Sothen auf, ihre Laune der letzten Woche schlagartig gebessert, wedelte sie mit der Zeitung, setzte sich an den Bettrand und las laut vor: »*Während sonst die Minderbegüterten eine gewisse Abneigung, eine Art stillen Hasses gegen die Reichen und Millionäre besitzen, scheint Freiherr von Sothen zu den außerordentlichen Männern zu gehören, die ihren Feind besitzen, denen Alle in Liebe und Beehrung huldigen und*

bei denen mit dem Wachsen des Reichtums auch die wertvollen Eigenschaften, welche den Mann und Bürger zieren, um so mehr und glänzender hervortreten.«
Sothen setzte sich auf und griff nach seiner vergoldeten Brille. *»Von umfassendem kommerziellen Wissen und reicher Erfahrung hat er, von kleinen Anfängen ausgehend, langsam durch eigene Kraft zu seiner gegenwärtigen bedeutenden Stellung sich emporgearbeitet.«*
Fanni überflog ein paar Zeilen, las Satzbrocken: »*... die von ihm zu seltener Beliebtheit gebrachten Verlosungen ... in erster Linie alljährlich stattfindende Armenlotterien ... die Verlosung der Rudolfstiftung und der Sothen'schen Militärstiftung für die verwundeten Krieger aus den Feldzügen von 1859 und 1866 ... die Verlosungen des Innsbrucker und Salzburger Stadtanlehens ...«*, Fanni las wieder den ganzen Wortlaut vor, *»dass er den Weg lehrte, auf dem selbst die mindestbemittelten Gesellschaftsschichten in den Besitz der Lose durch ganz geringe Ratenzahlungen gelangen«* – »Meine Fanni!«, lachte Sothen –, *»so dass diese Lose mit der Hoffnung auf einen entfallenden großen Gewinn auch die moralisch hebende Bedeutung von Spareinlagen besitzen. So wurde die Sothen'sche Wechselstube ein Mittelpunkt einer gesunden und zeitgemäßen Beteiligung des Volkes an den größeren Finanz-Operationen und daher die Popularität Sothens und des von ihm geleiteten Institutes.«* – »Ja, daher kommt sie«, lachte Fanni und strich Sothen kurz über die Hand, bevor sie weiter vorlas: *»Es ist ein Beweis für die Pflicht-*

treue und Ehrenhaftigkeit Sothens, dass trotz der Übernahme der Wechselstube durch die Handelsbank er nicht, wie es anderwärts geschehen, sich zurückzog, sondern mit demselben Eifer und derselben Rührigkeit, als wenn die Wechselstube noch für seine eigene Rechnung betrieben würde, an der Leitung derselben Teil nimmt. Es wäre auch ein schwerer Verlust gewesen, wenn der Mann, der in so hohem Grade das Vertrauen aller seiner Mitbürger genießt, sich zurückgezogen hätte. Sein humanes, gemeinnütziges Wirken, seine in Wien fast sprichwörtlich gewordene Wohltätigkeit, die strenge Rechtlichkeit und ernste, sittlich religiöse Richtung, welche den Freiherrn von Sothen auszeichnen, sind Eigenschaften, die ihn zu einer seltenen und edlen Erscheinung in unserer Finanzaristokratie machen. Mit allen seinen finanziellen Unternehmungen weiß er einen gemeinnützigen und wohltätigen Zweck zu verbinden, eine Unzahl wohltätiger Anstalten verdanken ihm ihre Gründung und Förderung.« Fanni blickte auf: »Und das in der *Weltaustellungs-Zeitung!*«, und reichte ihm das Blatt. »Schade, dass das meine Schwester nicht mehr lesen kann.« »Aber der Brunner wird's gelesen haben und dein Bruder.« Sothen blickte auf den Artikel. »Da steht ja noch was!« Er las den letzten Absatz vor: »*Und wir dürfen es hier wohl erwähnen, dass ihm das Glück zu Teil wurde, an seiner Seite eine Gemahlin zu besitzen, welche, mit den schönsten und edelsten Gaben des Geistes und Herzens ausgestattet, das Muster einer christlichen und deutschen Hausfrau, einer gebildeten Weltdame ist.«* »Der Herr meint's gut mit uns«, sagte Fanni bescheiden. Sothen zog sie an sich und lachte: »Mit dir bin ich unbesiegbar, Fanni!« »Die Weltausstellung wartet auf uns«, sprach diese.

»Was ist nur mit dem Sothen?«, und die Scheuermagd Else deutete aus dem Fenster. »Vor einer Woche noch ist er vor sich her pfeifend herumgegangen, selbst sie gar nicht gereizt, schon fast freundlich, als ob das Gut zur Weltausstellung gehörte – und heut, schaut ihn euch an!« »Ja, blass sieht er aus«, meinte der Tischler Zeisel. »Dann hat er Geld verloren«, sagte die Wäscherin Josepha. »Was ganz Nervöses ist da im G'sicht«, runzelte die Kuhmagd Marie die Stirn. »Der Sothen zu sein«, schüttelte der Ziegeldecker Radda den Kopf. Der Kellermeister Trübwasser ging wortlos seiner Arbeit nach.

»Ich fahr noch einmal in die Stadt«, sagte Sothen, inzwischen zurück im Schloss: »Es geht drunter und drüber!« »Die Börse bleibt geschlossen?«, fragte Fanni, sie konnte die Ereignisse noch immer nicht glauben. »Vorerst«, sagte Sothen, ging auf und ab. »Gut, dass wir uns vor drei Jahren zum Verkauf der Wechselstube an die Handelsbank entschlossen haben«, sagte Fanni beruhigt. Mit Nachkommen hätte er sich damals nicht zum Verkauf entschieden, dachte Sothen jetzt. »Grad heut in der Früh hat der Bruder davon gesprochen«, sagte Fanni, »er war kurz da.« »Der meldet sich auch nur, wenn's schlechte Nachrichten gibt«, murmelte Sothen. »Von so einem Höchstpreis wird man in Zukunft nur träumen können, hat er gemeint«, erzählte Fanni. »Das kann man wohl sagen«, erwiderte Sothen und verließ den Salon.

Zeisel solle nicht so laut sein, wegen der Herrschaften, stupste man ihn an. Sie hatten Bänke im Hof aufgestellt, denn es war endlich ein lauer Maiabend, aber etwas lag in der Luft. »Setz dich zu mir, Else«, rutschte Radda auf die Seite, aber Else nahm neben Trübwasser Platz, der still am Ende der Bank saß.

»Irgendwas mit der Börse ist angeblich«, kam die Wirtschafterin Elisabeth hinzu. »Die Börse versteh ich nicht«, sagte Zeisel, schenkte sich ein. »Totenstill ist's in den Kaffeehäusern der Spekulanten.« »Den Juden ist wohl der silberne Löffel aus der Hand gefallen«, genoss Marie den Abend. Josepha winkte ab: »Die, die ich kenn, denen fallen die Zähn aus dem Mund.« »Wer seinen Betschemel mit Sicherheit hat versilbern lassen, kann ich euch sagen«, bemerkte Radda. Zeisel schenkte sich mehr Wein ein. »Wo ist eigentlich der Hüttler? Mit dem Sothen auf der Weltausstellung? Für uns scheint er sich ja zu gut«, sagte er, nahm einen großen Schluck. »Eher bei seinen Kindern, hat ja jetzt drei«, erwiderte Else. »Ob die alle vom Hüttler sind«, lachte Zeisel darauf sehr laut. »So heilig wie die Sothen schaut mir die Paschinger ja nicht aus!«, sah nicht, dass Eduard im Hof stand; und da stürzte sich Eduard schon von hinten auf Zeisel. »Hüttler, der hat nur getrunken!«, rief Radda, und Trübwasser, der blitzschnell aufgesprungen war, versuchte ihn zurückzuhalten. »Dem werd ich das Maul zerhauen!«, schrie Eduard. Juliane, die langsam den Weg heraufgekommen war, um etwas aus der Scheune zu holen, lief, das Neugeborene umgebunden, in den Hof: »Eduard!« »Zerhauen, das Maul!« »Genug!« Juliane ging dazwischen. »Beleidigen lass ich mich nicht!«, wollte Eduard wieder auf den Tischler losgehen. »Komm jetzt, die Berta wartet mit den kleinen Kindern«, sagte Juliane, und da ließ Eduard von Zeisel ab.

»Der Hüttler«, schüttelte man im Hof der Meierei den Kopf. »So ein Zorn!« »Und sonst so hilfsbereit und freundlich.« »Ich kenn solche, die den Zorn in sich haben«, sagte die Wirtschafterin Elisabeth, »auf seine Gurgel muss man da aufpassen.« Nur Zeisel lachte: »Hab einen wunden Punkt getroffen«, dabei rann Blut aus seiner Nase. »Dich selbst getroffen hast, Zeisel«, sagte Else, »mit deinen drei Kindern von drei verschiedenen.«

In der Hütte sagte Juliane: »Eduard, lass dich nicht reizen! Hör einfach weg! Versprichst du's?« »Ja«, sagte Eduard, »ja.« Juliane hatte schon in Dürnberg Ehrenworte bekommen.

»Den Tischler blutig schlagen«, schimpfte Sothen, »und ich hab auf den Hüttler die ganze Zeit in Sievering gewartet. Das hat mir an so einem Tag gerade noch gefehlt.« »Die Gewaltbereitschaft dieser Leute macht mir Angst«, sagte Fanni. »Ist der Tischler ein Jud?«, fragte Sothen. »Bei uns am Gut gewiss keiner«, antwortete sie. »Nichts als Scherereien mit dem Gesinde«, sagte Sothen. »Was sind die Nachrichten von der Börse?«, fragte Fanni. Sothen stieß einen Seufzer aus: »Niemand hat mit so was gerechnet!« »Wir sind auf der sicheren Seite«, sagte Fanni. »Hundertzwanzig Insolvenzen allein heut, die Kursverluste verstörend!« Sothen schüttelte den Kopf: »Viele haben ihr Vermögen über Nacht verloren.« »Stell dir das einmal vor«, legte Fanni ihre Hand auf seine Schulter.

»Die Paschinger sieht aus wie ein Schatten neben der Sothen«, hielt Else im Kehren inne und sah in den verschneiten Hof der Meierei. »Immer dürrer wird sie, und da ist sie im Wintergewand«, blickte Josepha vom Zusammenlegen auf. »Auf's Geld müssen sie ordentlich schauen, zu fünft, und jede zusätzliche Ausgabe –« »Das Fenster ist zumindest repariert, verzogen bleibt's freilich«, erwiderte Josepha, murmelte: »Auch gegen die Ritzen der Hütte ist schwer was zu machen.« »Der Hüttler hätt angeblich das Geld für eine Heirat verwenden wollen, aber die Paschinger hat auf dem Fenster bestanden.« »Zu Weihnachten hätten die Sothens auch mehr geben können, reden sich auf das Krachen in der Börse im letzten Frühling raus«, sagte Radda, säuberte die Hände vom Mörtel. »Ist grad so viel, dass es nicht heißen kann, sie geben nichts.« »Was willst von einem erwarten, der fürs Sterben schon ein eigenes Haus hat«, meinte Josepha, legte weiter Wäsche zusammen. »Der Sothen kann so viele Kapellen haben wie er will, helfen wird ihm keine vorm Herrn«, sagte Else und nahm den Besen wieder auf, ihre Augen folgten nun draußen Trübwasser, mal nicht im Weinkeller. »Der Sothen braucht keinen Herrn, er ist es selber«, sprach Radda in ihr Kehren. »Einmal ein Herr sein«, sagte Zeisel und schnappte sich ein gebratenes Fleischstück. »Das ist doch für eine Dame«, sagte die Wirtschafterin Elisabeth, die das Essen in ein Tuch einschlug. »Eine ganz besondere«, grinste Marie, und Zeisel aß weiter. »Willst du deine Arbeit verlieren?«, schaute Josepha wieder von ihrer Wäsche hoch. »Keiner sieht's«, sagte Zeisel kauend. »Einer wie Sothen sieht alles«, erwiderte Josepha. »Ich komme wegen des Essens«, kam es da vom Hintereingang, niemand hatte die Tür gehört; alle erstarrten. Berta fragte, ob sie zu früh sei, sogar noch, ob sie später kommen solle, so, als wollte sie Nähe herstellen, aber das Personal fühlte sich in der Falle, und eine Falle war keine Nähe. Elisabeth gab ihr wortlos das Essen. Berta nahm es und ging schnell hinaus.

Mit dem Essen in ihrem Korb stapfte Berta durch den Schnee zurück zum Schloss. Sie entfernte sich von der Einsamkeit, die sie unter den anderen empfunden hatte, und doch, mit jedem knirschenden Schritt fühlte sie sich verlassener.

Brunner, allein in seiner Wohnung, eine Decke um die Schulter, schlug die Zeitung auf und las: »*Die schreckliche Katastrophe hat so manches allmächtig scheinende Institut gestürzt, so manchen Mann, mit dessen Namen man gewöhnlich die Vorstellung unerschöpflicher Reichtümer verband, in die Bedeutungslosigkeit zurückgeworfen: Einer aber, der Mann, allen Wienern wohlbekannt, der stand fest, trotz des entfesselten Sturmes. Allein es freut uns nichtsdestoweniger beim Wiederherannahen des Weihnachtsfestes, unsere Leser auf Sothens neueste Weihnachtsbescherung aufmerksam machen zu können.*

Denn, um es kurz zu sagen: Das solideste praktischste Weihnachtsgeschenk, das man im heurigen Jahr machen kann, ist ein Salzburger-, Innsbrucker- oder Stanislauer-Los, mit welchen Losen Herr Joh. C. Sothen den heurigen Weihnachtsmarkt beschickt. Für die unvergleichliche Solidität dieser Lose spricht schon der Umstand, dass man für den Erlag einer geringen Summe in drei Ziehungen auf Treffer von 40 000, 30 000, 15 000 Gulden usw. mitspielt. Die Firma verpflichtet sich, nach erfolgten Ziehungen die betreffenden Lose zum vollständigen Einkaufspreise wieder zurückzukaufen!

Wer also seinen Lieben zu Weihnachten ein wertvolles Geschenk machen will, das die Hoffnung auf einen glänzenden Gewinn eröffnet und wirklich in An-

betracht des Rückkaufes gar nichts kostet, der besuche den Vater Sothen, respektive die von ihm geleitete Wechselstube der k. k. Priv. Handelsbank am Graben.«
Brunner stand auf, ging, die Decke um die Schultern, mit der Zeitung in der Hand zum Kamin und warf sie in die Flammen.

»So ein schöner Frühlingstag«, sagte Fanni mit Blick aus dem Fenster. »Letztes Jahr um diese Zeit ist uns ganz anders geworden«, erinnerte Sothen. »Wie viele Aktiengesellschaften und Banken seitdem verschwunden sind!«, nickte Fanni. »Und ich muss heute zur Generalversammlung der Aktionäre der Handelsbank«, erwiderte Sothen. »Unangenehme Sache. Es kann auch spät werden.« »Du hast nichts zu fürchten«, sagte Fanni, schaute wieder in den Schlosspark. »Ich warte auf dich.«

»Der Sothen hat mich ganz nervös gemacht, heut am Rückweg«, hängte Eduard am Abend sein Gewehr an den Haken, »irgendwas von einer Versammlung hat er erzählt, sich über einen Schlesinger aufgeregt, was von den Juden dahergeredet und dass er doch nicht zuerst alles aufbaue und sich dann so behandeln lasse, und immer wieder dazwischen hat er mich gewarnt, da hätt sich wer versteckt, ich soll aufpassen, und dann hab ich tatsächlich wen gesehen, und so dämmrig war's schon, weißt eh, im Gspöttgraben, und dann hat sich was bewegt, und ich hab geschossen.« »Und?«, Juliane fürchtete, was kam. »Na, ist eh nichts passiert«, beruhigte sie Eduard, »nur wieder dieser Zeisel, einen Schreck hat er bekommen, möcht gern wissen, was er da gemacht hat, aber behaupten tut er jetzt, dass ich ihn angeschossen hab, und zur Polizei will er gehen.« »Zur Polizei?«, Juliane schaute Eduard erschrocken an. »Soll er mich nur anzeigen«, winkte Eduard ab, »der Sothen kann ja beweisen, dass ich geglaubt hab, da will ihn einer überfallen.« »Auf den Sothen würd ich mich nicht verlassen«, meinte da Juliane. »Sie hat sich heut schon wieder beschwert, die Kinder hätten kein bissl Erziehung.«

Sothen rauschte herein, »Fanni!«, rief er. »Der Bruder hat auch schon nachgefragt«, sagte sie, stand auf: »Erzähl!« »Ein Scherz«, schüttelte Sothen den Kopf: »Zu hoch und zu unverhältnismäßig sollen die 200 000 Gulden Abfindungssumme gewesen sein!« Fanni war nicht nach Lachen. »Dabei haben wir doch alles aufgebaut! Und die damals abgemachten 27 Prozent am Gewinnanteil passen ihnen natürlich auch nicht. Aber Vertrag ist Vertrag: Die zehn Jahre lassen wir uns nicht kürzen!« Fanni nickte beipflichtend. »Um mich jedoch zu erpressen, hat dieser Schlesinger die Namen der Verwaltungsräte vorgelesen, die ihre Tantiemen retourniert haben, in«, Sothen äffte nach, »›Anbetracht der riesigen Verluste, die gerade die Wechselstube ausweist.‹ Königswarter – einer der wenigen vernünftigen Juden! – glaubt dann auch noch, sich für mich einsetzen zu müssen, sagt, dass der große Verlust der Wechselstube gar nicht durch diese verschuldet, sondern durch die Übernahme gewisser Börsengeschäfte in dieses Ressort entstanden sei. Der Verwaltungsrat Hochstetter fühlt sich darauf bemüßigt zu erklären, dass diese Verluste von mehr als drei Millionen ...« – »Mehr als drei Millionen!«, rief Fanni aus. – »... einzig und allein«, die Stimme Sothens war durch Fannis Ausruf ärgerlicher geworden, »aus dem Wechselstubengeschäfte resultieren würden, ich aber dem Vertrag gemäß nur am Gewinn und nicht an einem eventuellen Verluste partizipiere, und unterstellt dann noch, dass ich ein Eingreifen der Verwaltungsräte in das Wechselstubengeschäft unmöglich gemacht habe.« »Und dann?«, fragte Fanni vorsichtig weiter. »Dann kommt der Aktionär Wiener daher und meint, es wäre unter den«, Sothen äffte wieder nach: »›misslichen Verhältnissen‹, in die die Handelsbank im letzten Jahr gerutscht sei, von mir solider gewesen, die Abfindungssumme von 200 000 Gulden nicht zu nehmen.« »Solider, das hat er gesagt?«, fragte Fanni, Sothen sprach weiter: »Und dieser Wiener meinte noch, es sei vom Verwaltungsrat sehr sonderbar, dass er auf die 200 000 Gulden eingegangen sei. Jetzt kommt aber das Beste: Er befürworte aber meine Wiederwahl, weil ich es ja nun als Ehrensache betrachten müsse, durch mein Wirken im Interesse der Aktionäre die großen Verluste zu reparieren.« »Da hast du aber viel zu tun«, murmelte Fanni. »Ich muss ihnen also dann erklären, dass die Abfindungssumme von 200 000 Gulden nicht gefordert, sondern dass sie mir angeboten wurde, und da kommt dann der Verwaltungsrat Freund daher und sagt, man habe nur 50 000 Gulden geboten und sich erst bei 200 000 Gulden geeinigt.« Fanni nahm auf einem Sessel Platz: »Und dann?«, fragte sie blass. »Und dann«, Sothens Gesicht hellte sich auf, »wurde ich wieder in den Verwaltungsrat gewählt.« »Gut«, sagte Fanni, spürte die abendliche Mailuft hereinströmen. »Der Tischler Zeisel macht übrigens ein Riesentheater«, strich sich Sothen mit seinem Taschentuch über die Stirn. »Der Tischler Zeisel?«, fragte Fanni. »Weil der Hüttler ihn angeschossen hätt, dabei hat mir der Hüttler nur brav den Weg vorgeleuchtet, und ich habe geglaubt, da versteckt sich ein Räuber, und der Hüttler hat halt einen Warnschuss abgegeben.« »Der Zeisel wollt sicher wildern, geschützt von der Dämmerung«, schüttelte Fanni den Kopf. »Rotzfrech waren auch schon wieder die Kinder von deinem Hüttler, hinter mir hergelaufen sind sie, nachgerufen haben sie mir was«, Fanni seufzte, plötzlich fröstelte sie. Sothen zog die Augenbrauen hoch. »Wirst du etwa krank?«

»Der Eduard hat mich angeschossen«, kam Zeisel in das Gesindehaus. »Der Eduard hat wahrscheinlich geglaubt, der Sothen wird angegriffen«, meinte Josepha. »Oder gedacht, du seist ein Wildschwein«, sagte Radda. »Was wolltest du überhaupt in der Dämmerung?«, fragte Marie. »Er hat mich schon einmal geschlagen«, antwortete Zeisel stattdessen. »Damals hast du noch gelacht«, erinnerte ihn Else. »Ich zeig den Eduard an.« »Geh, komm, der Hüttler mit seinen Kindern.« »Kümmern meine Kinder wen?« »Ihre Mütter, ja«, sagte Else.

»Worüber sich der Hüttler gerade mit dem Sothen unterhält?« Else beobachtete ein paar Tage später, wie dieser mit ihm sprach. »Ein weiteres Kind«, witzelte Zeisel. »Nicht genug gebetet«, lachte Radda. »Gestern war er besonders schlecht aufgelegt – und überhaupt, wie der Sothen seit der Börsengeschichte letzten Frühling richtig Kontrollgänge macht«, schüttelte Else den Kopf. »Der hat doch schon davor kontrolliert«, meinte Josepha, bückte sich nach dem Wäschekorb. »Ja, aber jetzt ist er immer schon frühmorgens auf, mit dem neuen Verwalter Spieß hab ich ihn über die Anschaffung eines Fernrohrs sprechen gehört, damit er noch besser alles im Auge behalten kann.« »Die Marie und Elisabeth würden sich gleich zum Fernrohrdienst beim neuen Verwalter melden«, murmelte Josepha. »Vielleicht ärgert den Sothen die Eröffnung der Kahlenbergbahn«, mutmaßte Radda unterdessen, »so lang hat er sich ja quergelegt.« »Er will halt allein im Himmel sein«, sagte Zeisel.

»Wir sollen für die Frau Sothen in der Grinzinger Pfarrkirche beten«, kam da Eduard in die Wirtschaftsküche, die er nach dem zweiten Vorfall mit Zeisel gemieden hatte.»In die Grinzinger Pfarrkirche?«»Ihr geht's plötzlich so schlecht, der Sothen weiß sich nicht mehr zu helfen«, nickte Eduard. »Na, so was!«, Zeisel zu ihm. »Selbstverständlich werden wir das«, und Josepha machte sich schon bereit. »Jetzt gleich?«, fragten die anderen. »Wenn's helfen soll«, sagte Josepha und Eduard nickte. Josepha wartete nicht länger und alle folgten eher ihr als Sothens Bitte. Sogar Radda, der zwar murmelte: »Für uns würd die Frau Sothen nicht beten.« Zeisel schließlich: »Solang ich nicht wieder mit dem Verwalter Löwen vor den Treppenaufgang hieven muss, ist mir alles recht.«

Juliane, den Einjährigen vor der Brust, an den Händen jeweils das dreijährige Mädchen und den vierjährigen Buben, stieß von der Rohrerwiese zu der Gruppe. Berta lief vom Schloss kommend hinterher.

Jeder zündete eine Kerze in der Kirche an, obwohl sie einen Kreuzer kostete, dann kniete man sich nieder. Die älteren Kinder wollten eigene Kerzen anzünden, Eduard kramte zwei weitere Münzen aus seiner Jackentasche.

»Der Sothen schickt uns alle nach Grinzing zum Kerzerlanzünden und ihr geht's darauf besser, und was macht er, zieht uns tatsächlich die versäumte Zeit vom Wochenlohn ab!«»Dass wir während der Arbeitszeit gegangen sind, das könne er doch nicht belohnen, so hat er es mir erklärt«, sagte Elisabeth. »Das ist dem Hüttler seine Schuld«, sagte Marie, »er hätt besser zuhören sollen!«»Ach was«, erwiderte Else, Trübwasser hob kurz seinen Kopf, »der Sothen wird immer zuwiderer.« »Das Theater mit den Tieren der Bauern!«, nickte Josepha: »Müssen eh schon ihre eigenen Gespanne fürs Ackern bereitstellen, aber auch noch das eigene Futter fürs Vieh! Ja nicht von den Futtervorräten der Gutsverwaltung dürfen sie nehmen, sonst wird dem Lohn gleich ein Abzug gemacht!« »Und den Hüttler tyrannisiert er damit, dass kein Hölzerl fortgetragen werden darf«, sagte Radda. »Wer nicht das Kleine zusammenlegt und zu einem Größeren sammelt«, streckte Zeisel seinen Bauch heraus und alle lachten.

»Heut hat mich der Sothen schon wieder darauf aufmerksam gemacht, dass das Sammeln von runtergefallenem Holz ausdrücklich verboten ist«, erzählte Eduard. »Aber wenn so ein armes Würstel vor mir steht, ein bisserl trockenes Holz vom Boden aufgesammelt, soll ich dem den Korb dann aus der Hand schlagen?«, fragte er, fasste den Einjährigen an beiden Händen. »Bettelarm und halten sich eh dran, mit Hacke oder Säge hab ich noch keinen einzigen erwischt.« »Möcht gern wissen, bei was man Sothen nicht schon hätte erwischen können«, murmelte Juliane, hielt die Dreijährige, die in ihren Armen eingeschlafen war. Eduard führte den Einjährigen zum Knie seines älteren Bruders: »Sogar der Kaiser gibt den Armen einen Erlaubnisschein zum Klauben!« »Die Sothens sollten sich an den Kaiser halten«, erwiderte Juliane, »nicht nur düstere Kapellen zu seiner Hochzeit errichten, wo sie sich dann begraben lassen können.« »Und jede Woche will er einen schriftlichen Bericht«, seufzte Eduard. »Sag ihm halt, dass du dir mit dem Schreiben schwertust, ist doch keine Schand!«

Rohrerwiese

Noch eins?«, schnaubte Sothen. Eduard senkte den Kopf. »Fürs Heiraten gibt's keine Zeit, fürs Kindermachen schon!« »Verantwortungslos«, sagte Fanni mit erstarrtem Gesicht. »Wir werden heiraten«, sagte Eduard leise. »Wie oft haben wir das die letzten sechs Jahre schon gehört!«, lachte Sothen auf. »Bitte, lassen Sie uns weiter unsere Arbeit am Gut machen!« »Eine Unehrenhaftigkeit sondergleichen!«, sagte Sothen. »Bitte!«, flehte Eduard geradezu. Fanni schüttelte nur den Kopf. Sothen atmete laut ein und aus, sagte schließlich: »Aber ich warne Sie: Wenn Sie nur ein einziges Mal wegen einer lächerlichen Ausgabe zu mir kommen, dann –!« »Danke«, sagte Eduard.

»Da bist du ja!«, kam Juliane Eduard auf dem Waldweg entgegengelaufen. »Wir müssen nicht fort«, sagte er, ohne stehen zu bleiben. »Wir müssen nicht fort?«, fragte sie, überholte Eduard und stellte sich vor ihn. »Sie wissen schon, wie sie uns bestrafen«, sagte Eduard. »Deswegen rennst du so?« »Ich hab Danke gesagt«, erwiderte Eduard. Sie machte einen Schritt, nahm sein Gesicht in ihre rauen Hände, hob es hoch und küsste ihn auf den Mund. »Wir werden bleiben«, sagte sie, »und die Bäume länger stehen als der Sothen.« »Lass uns versuchen irgendwie das Geld fürs Heiraten zusammenzukriegen«, meinte Eduard. »Wichtiger ist, dem Neuen fehlt's an nichts«, und sie legte Eduards Hand auf ihren Bauch.

Am Abend sagte Fanni beim Bürsten ihrer Haare vorm Spiegel: »Wenn ich der Hüttler wäre, würde ich mich jetzt aber schnell an den schriftlichen Bericht setzen, der noch von letzter Woche ausständig ist.« »Das habe ich ganz vergessen!«, ärgerte sich Sothen. »Und wäre ich die Paschinger«, sagte Fanni, »würde ich mich einmal anstrengen«, und sie dachte bei sich: »Wäre ich sie, hätte ich drei, nein, vier Kinder.« »Jetzt bleibt ihnen ja nichts anderes mehr übrig«, meinte Sothen. »Sie glauben, es ist ihr Recht, hier zu sein«, widersprach Fanni, setzte die Bürste kurz ab, »als ob nicht wir zu entscheiden hätten«, und bürstete weiter ihr Haar.

»Heut hat die Baronin gemeint, kündigen könnt sie mich jederzeit, ich soll also meine Arbeit besser gründlich machen«, erzählte Marie vor dem Kuhstall. »Ob wieder was mit der Börse ist?«, fragte Zeisel, der im Stall etwas ausgebessert hatte und herauskam. »Mir hat sie gesagt«, sagte Else, »dass ich aufpassen soll, nicht, dass ich so end wie die Paschinger, mit lauter Kindern, aber unverheiratet.« »Klingt nicht nach Börse«, antwortete Zeisel. »Bis jetzt hat sie mich nur gelobt und plötzlich!«, konnte es sich die Wirtschafterin Elisabeth nicht erklären. »Es ist ganz klar«, fand Josepha: »Der Hüttler bekommt sein nächstes uneheliches Kind und wir werden mitgestraft.« »Wegen ihm kriegen wir es ab!«, rieb sich Marie am Hüttler. »Heut hat er so getan, als würd er mich nicht sehen«, erinnerte sich plötzlich Elisabeth. »Der Hüttler ist doch einfach froh, für die Kinder das Dach überm Kopf zu haben«, klopfte sich Radda den Ziegelstaub ab. »Der Hüttler hat sich noch nie um den Nachteil der anderen geschert!«, ließ Zeisel das nicht gelten. Radda richtete sich auf: »Der Sothen rächt sich an uns für das Kind und ihr, was macht ihr? Lasst euren Zorn am Hüttler aus, bloß weil man sich's beim Sothen nicht traut!« Der Einzige, der nichts gesagt hatte, war der Kellermeister Trübwasser.

Fanni sah Radda sich von den anderen vor dem Kuhstall entfernen. »Abrichten«, dachte Fanni, »abrichten wie Hunde, sonst beginnen sie zu betteln.« Ihr Blick folgte weiter Radda, der die abermals schwangere Juliane, die mit Eimern heraufgekommen war, freundlich grüßte. »Noch beißen sie einander nicht«, dachte Fanni. Sothen stieß aus der Kanzlei dazu. Die Bediensteten verbeugten sich. Auch Juliane. Fanni könnte bereits jetzt zubeißen. Sothen sagte: »Frau Paschinger, richten Sie dem Hüttler aus, bis zum Abend will ich den schriftlichen Bericht!« »Aber er kommt erst am Abend aus dem Wald«, meinte Juliane. »Dann hat er ja noch genug Zeit«, erwiderte Sothen.

»Macht eure Hände auf«, sagte Eduard zu den Kindern, die auf ihn zustürmten, als er zur Tür hereinkam. »Du auch«, wandte er sich an Juliane und ließ in ihre offene Hand Heidelbeeren rollen. »Der Sothen will heute noch den Bericht«, sagte Juliane.

»Die Berta lassen die Sothens wenigstens in Ruhe«,

sagte Josepha mit Blick auf die sich im Abendlicht Richtung Rohrerwiese entfernende junge Frau. Berta spürte genau, dass man sie von hinten anschaute; man betrachtete sie von hinten überhaupt öfter als von vorne. »Eine Scharte sollt man halt haben«, meinte Else. »Du hast leicht reden«, meinte Radda darauf. »Der Trübwasser beachtet mich trotzdem nicht«, dachte Else, blickte verstohlen zu ihm, der schweigsam Bast um eine Flasche band. »Eine warme Mahlzeit bekommt sie jeden Tag«, sagte Marie. »Und Fleisch jeden zweiten«, schlug Elisabeth ein Ei auf. »Die Paschinger neidet es der Berta nicht«, erwiderte Radda. »Weil die Berta so gerne auf die Kinder aufpasst«, entgegnete Marie. »Lasst die Berta in Frieden«, sagte Radda, »sie ist eine von uns.« »Eine von uns!«, lachte Zeisel von hinten auf. »Der Vater war ein Vogelhändler«, drehte sich Radda zurück. »Ein Silberketterl um den Hals«, sagte Else. »Ein richtiges Bett«, verquirlte Elisabeth das Ei. »Euch möcht ich erst sehen, vom Millionär aufgenommen!«, sagte Radda, sah Trübwasser schweigend nach mehr Bast greifen, dachte: »Er hält sich immer nur raus.«

Josepha wurde mitten in der Nacht aus dem Schlaf gerissen. »Schnell, zur Rohrerwiese!«, keuchte Berta, sie wusste, dass Josepha schon bei Geburten geholfen hatte. »Rohrerwiese?«, versuchte sich Josepha zu orientieren. »Es gibt Komplikationen!« »Komplikationen?«, Josepha hellwach. Sie stand sofort auf, tippte Else an: »Else! Wach auf, Else!« »Was ist?«, Else blickte sie verschlafen an. »Du musst für mich einspringen, sollt ich nicht zurück sein, in der Früh«, flüsterte Josepha. »Was ist?« »Hast gehört, Else?« »Ist gut, Josepha, ist gut.« »Dem Hüttler sein Kind kommt auf die Welt!«, dann schlug sich Josepha ein Tuch über den Kopf und rannte mit Berta hinaus. »Merkt der Sothen in der Früh, dass ich nicht da bin, werden alle bestraft«, sagte Josepha im Laufen zu Berta, der Regen peitschte gegen ihr Gesicht.

In der Hütte lag Juliane in den Wehen und Eduard stand beim Herdfeuer, kochte Tücher aus. Die drei anderen Kinder waren aufgewacht und drängten sich verängstigt um ihren Vater. Josepha, durchnässt, gab sofort Anweisungen, als wäre ein Kind in der Steißlage zu gebären auch nur Wäsche waschen. Der Regen trommelte gegen das Dach, das Feuer knisterte, tauchte den Vollbart Eduards tiefer ins Rot, Julianes gewölbter weißer Bauch, der Schleier von Berta, das Stummsein der Kinder. Es tropfte irgendwo, kalte Regenluft zog durch die Ritzen, die drei Kinder ganz nah bei Eduard nun im letzten Winkel der ohnehin zu kleinen Hütte, er streichelte mit seinen Händen über ihre Wangen – solange sie nur das Raue seiner Hand spürten! Josepha gänzlich konzentriert bei Juliane, die Bertas Hand umklammerte. Und da: der Körper, die Beine voran! Der Regen trommelte, der Kopf: Josepha wusste, jetzt musste es schnell gehen, denn der Kopf –. In der kleinen Hütte, in die es tropfte, grau das Licht, erklang der erste Schrei.

Als Josepha zurück auf das Gut ging und es auf sie regnete, das einzige Paar Schuhe nass, ganz ohne Schlaf und vor sich den fünfzehnstündigen Tag, war sie glücklich.

»Wo kommst du her, so früh?«, fragte Zeisel erstaunt. »Haben sie dir etwa noch eine Arbeit aufgehalst?«, fragte Radda, drehte sich zur Tür. »Nanu?«, er sah auf den Wäschekorb, mit dem heute Else hereinkam. »Danke fürs Einspringen, Else!«, sagte Josepha, während Marie von der Tür rief: »Im Wald war die Josepha!«, stolz, es zu wissen. »Das Kind ist mit dem Tageslicht gekommen«, sagte Josepha nur. »Es ist auf der Welt?« Josepha nickte: »Einen Sohn hat er bekommen. Und ich hab geholfen.« »Braucht er was, erinnert er sich plötzlich an uns«, stemmte Marie ihre Hände in die Hüfte und Elisabeth nickte gleich, woraufhin Trübwasser aufstand und das Gesindehaus verließ. »Na, die Frau Sothen wird keinen Finger rühren«, meinte Radda zu Marie. Josepha sagte: »Er hat Hilfe gebraucht und ich hab geholfen«, dann nahm sie Else den Wäschekorb ab und ging damit hinaus.

Am Abend, nach dem langen Arbeitstag, schaute Josepha noch einmal zur Rohrerwiese, und als sie dann endlich in das Gesindehaus zurückkam, hatten sich die meisten schon zur Ruhe begeben. Sie ging zur schlafenden Else und legte ihr einen Teil des Brotes, das ihr Eduard gegeben hatte, neben das Lager.

»Das Gejammer wegen der undichten Hütte wird wieder losgehen«, war Fannis Reaktion auf die Geburt des Kindes, Strähne für Strähne. »Wenn er meinem Rat folgt«, erwiderte Sothen, »wird er das unterlassen und sich weiter auf die Berichte konzentrieren.« Fanni entfernte Haare aus der Bürste, sagte: »Die Paschinger hat sich aber überhaupt nicht mehr bemüht.« »Die Berta hat öfter die Kinder übernommen«, erwiderte Sothen. »Das ist auch alles, was die Berta macht«, sagte Fanni und fügte hinzu: »Abgesehen von deinen Tauben.« Sothen entging nicht die Spitze. »Ich habe andere Probleme«, erwiderte er. »So?«, sagte Fanni, frisierte mit noch größerem Aufwand ihre Haare. »Ja«, sagte Sothen, ließ einen Vorwurf mitschwingen, »heute ist doch der ärgerliche Prozess wegen des Konkurses der Eskompte-Versicherungsgesellschaft, und ich bin als Zeuge vorgeladen.« »Du erinnerst dich doch an nichts«, erwiderte Fanni.

Während des ersten Jahres war das Jüngste so krank, dass man um es bangen musste. Aber im zweiten Jahr besserte sich sein Zustand. Und als sich Juliane und Eduard in einer dieser Nächte berührten, in der die Sorge nicht mehr das Verlangen abhalten konnte, ließen sie sich in die Nähe des anderen einfach hineinreißen; neben ihnen die schlafenden Kinder, das Jüngste, zweijährige, in der Armbeuge der großen

Schwester, der Älteste Rücken an Rücken mit seinem Bruder.

»Wir hätten nicht«, sagte Juliane fast zwei Monate später leise. »Ein fünftes Kind –«, Eduard schüttelte nur den Kopf. »Ein großes Pech«, sagte Juliane. »Vielleicht bildest du dir's bloß ein«, versuchte Eduard sich und Juliane zu beruhigen.

Dann, nach einigen weiteren Wochen, kam eine erste Wölbung. Und mit ihr wurde die Angst größer. Die Angst, nun noch mehr von der Güte derjenigen abzuhängen, die gar keine hatten; gar die Arbeit zu verlieren; und mit der Arbeit die Bleibe. »Was sollen wir nur machen?«, fragte Juliane. »Wenn wir wenigstens verheiratet wären«, sagte Eduard, sah Juliane an und wollte hinausgehen. »Eduard?« Juliane hielt ihn am Ärmel zurück: »Es gab nie genug Geld – und denk an das Fenster, an die Kinder.« »Von heut auf morgen ist erst recht keines dafür da«, sagte er nur und ging, ließ Juliane in der Hütte stehen.

Auf die Angst folgte ihr Verschweigen – und der Druck des Unmöglichen.

Eduard schlichtete Holz, als er plötzlich zu Berta sagte: »Juliane ist mit einem Kind.« Die Beiläufigkeit, mit der Eduard den Satz zu sagen versuchte, und wie sie misslang, zeigte die ganze Verzweiflung. Berta traf auf Eduards Augen, dessen Ausdruck sie sagen ließ: »Wenn ihr das Kind –« »Wir werden es nicht hergeben«, wehrte Eduard seinen eigenen Gedanken heftig ab.

»Du, ich glaub die Paschinger ist schon wieder schwanger«, flüsterte Else an einem der nächsten Tage Josepha zu. »Pass auf, was du sagst, Else!« »Ich mein ja nur, schau sie dir an!« »Ich kann nichts sehen«, erwiderte Josepha, obwohl sie unter der geschichteten Kleidung die Wölbung schon längst erkannt hatte.

»Das ist das fünfte Kind, Hüttler«, tobte Sothen, »und geheiratet haben Sie noch immer nicht!« »Wir können uns die Heirat nicht leisten.« Eduard wagte nicht aufzusehen. »Ohne Bestrafung wird niemand so ein liederliches Leben auf unserem Gut führen!« »Bitte, mit meiner Arbeit waren Sie stets zufrieden!« Sothen schnaubte nur verächtlich. »Sie werden alle Konsequenzen tragen müssen!« »Bitte!« »Wenn erst meine Gattin davon erfährt«, und Sothen zeigte zur Tür. »Gehen Sie, Hüttler, schnell, bevor ich Sie ganz fortschicke!«

Als Fanni am Abend von dem Kind Kenntnis erhielt, schlug sie mit der Faust auf den Tisch: »Ein fünftes uneheliches!« Und nach einem Klirren: Der Hüttler wisse doch genau, dass er mit seinen Kindern nicht einfach vor die Tür gesetzt werden würde, er nütze ihre Barmherzigkeit schamlos aus, aber ungestraft werde er nicht davonkommen. Wie könne man bloß so verantwortungslos sein, so ein Vater und so eine Mutter seien keinem Kind zu wünschen. Sothen, er wusste selbst nicht wie und warum er auf so einen Gedanken kam, sagte auch nur halb im Ernst: »Wir wären bessere Eltern – das wäre die Lösung und Hüttlers Strafe zugleich.« Fanni starrte ihn an. Eine tiefe Abneigung kroch für einen Moment empor, und das Gefühl der Ohnmacht, dass sie nicht und nicht schwanger geworden war und nicht mehr werden würde, breitete sich als rote Flecken auf ihrem Hals aus. Dass er sie doch nicht beleidigen wollte, sagte Sothen, wie hatte er sich nur Hüttlers Kind in Fannis Armen vorstellen können. Fanni fasste sich, strich über die in ihr Spitzentaschentuch gestickten Initialen und sagte: »Der Hüttler wird seine Strafe schon kriegen.«

»Heut ist die Baronin gekommen«, trat Marie herein, »erzählt hat sie, dass der Hüttler für sein fünftes Kind mehr Lohn verlangt hätt.« »Mir hat die Baronin gesagt, dass die Paschinger zu ihr gemeint hätt, dass der Hüttler eine besonders wichtige Aufgabe am Gut hat«, sagte Elisabeth. »Bildet sich was ein, nur weil er Leibjäger ist«, ärgerte sich Marie. »In der Wildgrube erzählt der Hüttler herum, dass in der Meierei lieber geredet als gearbeitet wird«, war Zeisel zu Ohren gekommen. »Dort wird viel geredet«, meinte Radda. »Macht uns schlecht, und er munter mit der Paschinger!«, sagte Marie. »Die Zusatzarbeit wollen sie mir nicht zahlen«, kam Else in diesem Augenblick herein. »Reden sich raus auf die Zeiten, wie sie sagen, schwieriger seien sie geworden, und die Baronin meinte, dass die, die es wirklich bräuchten, vorgezogen werden müssten, wie der Hüttler mit seinen bald fünf Kindern.« »Mir reicht's jetzt mit diesem Hüttler«, rief Zeisel darauf, erhob sich. »Bleib da!«, hielt ihn Radda zurück, »Mir haben sie vor ein paar Tagen auch eine Arbeit nicht gezahlt, haben es auch mit dem Hüttler seinem Fünften erklärt.« Zeisel wollte erst recht losstürmen. »Zeisel!«, Radda versperrte ihm den Weg. »Bist blind? Der Hüttler muss für alles herhalten!« »Ich geh!«, sagte Zeisel entschlossen. Da sagte Josepha: »Ich geh!« Augenblicklich herrschte Stille. »Ja«, sagte Josepha, »ich geh zum Sothen und sag ihm, dass wir für Zusatzarbeiten gezahlt gehören, mit und ohne schlechte Zeiten, mit und ohne Hüttler!« »Du bleibst!« Ruckartig drehten sich alle Köpfe nach hinten. Trübwasser? »Dich braucht der Hüttler noch, ich geh«, sagte er und bestimmt: »Der Sothen kann nicht mit uns machen, was er will.« Trübwasser! Er stand auf. Und tatsächlich, während die anderen versuchten zu verstehen, was da gerade geschehen war, war er schon fort.

»Eduard, heut hat mich die Berta abgepasst«, sagte Juliane unterdessen in der Hütte, legte die Hand auf ihren Bauch. »Dort oben, da geht was vor«, sie zeigte Richtung Meierei. »Es hat mit uns zu tun«, sagte Juliane, »die Berta weiß selber nicht was. Aber etwas geht vor und mit uns hat's zu tun.« »Ich hab genug Sorgen«, erwiderte Eduard. »Für morgen hat mich der Sothen wieder in die Kanzlei bestellt, weil bei den Holzbeständen etwas nicht stimmt.« »Eduard, red bitte mit den Leuten in der Meierei!«, sagte Juliane.

»Ich muss noch den Bericht schreiben«, antwortete Eduard.

»Der Kellermeister bittet mich sprechen zu dürfen?«, fragte Sothen, zuckte mit den Schultern und ließ ihn eintreten. Trübwasser nahm seine Kopfbedeckung ab, trat vor, blickte auf den Boden. »Es ist meine Zeit«, sagte Sothen ungeduldig. Trübwasser blickte weiter auf den Boden, als er sagte: »Die zusätzlichen Arbeiten –« »Es ist meine Zeit«, wiederholte Sothen. »Wir verstehen nicht, warum sie uns nicht gezahlt werden«, sagte da Trübwasser. »Wir?«, fragte Sothen: »Wer ist wir?« »Das Gesinde des Guts, Herr Baron«, antwortete Trübwasser. Sothen lachte laut auf: »Ist der Kellermeister jetzt der Gesindesprecher?« Trübwasser schwieg. »Was soll das?«, herrschte ihn Sothen an: »Entweder Sie sprechen für sich selbst oder verlassen das Gut!« Trübwasser schwieg weiter. »Na, im eigenen Namen nichts zu sagen?« Trübwasser sagte leise: »Es ist nur – wegen der Familien.« »Familien, Familien«, rief Sothen, »alle reden sich darauf raus! Aber was ist mit dem Respekt vor den Herrschaften!« Trübwasser räusperte sich: »Herr Baron, die zusätzlichen Arbeiten –« »Hätten schon immer im Lohn inbegriffen gehört«, schnitt ihm Sothen das Wort ab. »Herr Baron –« »Denken Sie an den armseligen Hüttler, der auch nicht angerannt kommt, und bei ihm ist das fünfte Kind bald auf der Welt!« »Hat er nicht um mehr Lohn gebeten?«, wunderte sich Trübwasser noch beim Weitersprechen: »Herr Baron«, Trübwasser drehte die Kopfbedeckung in den Händen, »wir –«

»Schon wieder wir?«, funkelte Sothen ihn an. Da hob Trübwasser seinen Kopf und bereits während er es sagte, wusste er, dass es ihm heimgezahlt würde: »Bitte, haben auch Sie Respekt.«

Trübwasser ging zurück in das Gesindehaus. »Was ist?« Nach und nach kamen die anderen dazu. »Was hat er gesagt?« Trübwasser packte seine Habseligkeiten. »Was machst du denn da?« »Ich muss gehen«, antwortete Trübwasser und knotete das Tuch zusammen. »Gehen?«, fragte Else. »Ja«, erwiderte Trübwasser nur. »Gehen? Wegen uns?« »Der Lohn für zusätzliche Arbeit«, Trübwasser räusperte sich. »Tut mir leid«, und er fügte an: »Mir hat er noch einen Gulden und fünfundsiebzig Kreuzer für eine zerbrochene Flasche Wein in Rechnung gestellt.« »Wohin willst du?«, fragte Else, griff nach seinem Arm. Trübwasser sagte bloß: »Überall besser als beim Sothen.« »Arbeit wird schwer zu finden sein«, sagte Radda. »Und wo willst du überhaupt übernachten, Trübwasser?«, fragte Josepha. »Du hast doch keine Familie.«

»Sie sagen, der Kellermeister sei ihr Gast«, erklärte der Verwalter Spieß am nächsten Morgen. »Das ist mein Gut, ich bestimme die Gäste!«, schäumte Sothen. »Wo ist der Tischler Zeisel? Er soll den Kellermeister meinetwegen rausschleifen!« Fanni schwieg. »Was ist?«, fuhr Sothen den Verwalter Spieß an. »Zeisel sagt auch, der Kellermeister sei sein Gast.« »Ist das hier eine Verschwörung? Wollen sie alle rausgeworfen werden?« Sothen trat gegen den Stuhl, Fanni sollte nur sehen, wie er entlassen konnte. »Canaille!«, rief er. »Beruhige dich!«, Fanni blickte ihn an. »Lass den Hüttler lieber herkommen«, sagte sie. »Den Hüttler will ich erst recht nicht sehen!«, schrie Sothen, er wurde ganz rot im Gesicht. »Er soll sich um den Kellermeister kümmern«, sagte Fanni ruhig. Sothen, der gerade noch einmal gegen das Stuhlbein treten wollte, hielt inne, sah Fanni an und nickte. Fanni sagte kühl zu Spieß: »Schicken Sie Berta nach ihm!«

Eduard sah Berta im Wald in der Nähe der Quelle auftauchen. »Gut, dass ich dich so schnell gefunden habe: Du sollst ins Schloss kommen«, sagte sie, »frag mich nicht, warum.« Als sie an der Meierei vorbei Richtung Schloss liefen, bemerkte Berta, wie Zeisel, nachdem er beide gesehen hatte, seine Säge liegen ließ und in die Wirtschaftsküche eilte. Berta konnte die Einzelteile der Ereignisse nicht zusammenfügen, aber das Wissen, dass sie zu einem Vorfall gehörten, steigerte ihre Unruhe. Sie kamen zu den glatt polierten Löwen am Schlossaufgang, Eduard fuhr im Vorbeigehen über das Maul des einen.

Fanni schickte Berta sogleich mit einer Handbewegung weg, unterdessen sagte Sothen zu Eduard: »Sie müssen Ihren Verpflichtungen nachkommen.« Eduard verstand nicht ganz, er murmelte etwas vom Bericht, den er doch gestern abgegeben hätte, aber Sothen schüttelte den Kopf. »Ihren Verpflichtungen hier«, sagte er. Eduard blickte nervös zu Fanni, sie stand mit versteinerter Miene da. »Der Kellermeister soll das

Gut verlassen«, sagte nun Sothen. »Trübwasser, das Gut verlassen?« Eduard war erstaunt, versuchte gleichzeitig zu verstehen, was das mit ihm zu tun hatte. »Er weigert sich«, nickte Sothen, sagte: »Mit Ihrer Hilfe wird er es aber verlassen.« »Mit meiner Hilfe?« Eduard musste fast lachen. Was wollten sie von ihm? Eduard sah sie an: Wie die beiden Löwen standen sie da. »Der Förster wird in das Gesindehaus der Meierei gehen, und der Kellermeister wird dieses mit dem Förster verlassen«, erklärte Sothen. »Ich?«, fragte Eduard. »Wenn Sie der Förster bleiben wollen, ja«, hob darauf Fanni zum Sprung an. »Nein«, sagte Eduard leise. »Sie haben keine Wahl«, packte Fanni da zu. Eduard spürte ein Zittern. »Somit ist alles geklärt«, sagte Sothen. »Auf was warten Sie noch, Hüttler!«, und er zeigte Richtung Ausgang. Eduard wankte aus dem Schloss, den Aufgang hinunter. Das Maul der Löwen troff.

Als Eduard in das Gesindehaus der Meierei trat, blickten ihn alle gleichzeitig an. »Wo ist Trübwasser?«, fragte Eduard. Niemand rührte sich. Eduard entdeckte Josepha. »Ich such den Kellermeister«, wandte er sich an sie. Alle blickten nun zur Wäscherin. Stumm schaute sie Eduard an. »Trübwasser«, klammerte er sich an Josepha. »Geh wieder in den Wald«, sagte sie. »Ich brauch den Kellermeister«, beharrte Eduard. Zeisel trat schräg hinter Eduard hervor. Eduard drehte sich zu ihm um, und Zeisel sagte: »Der Kellermeister ist unser Gast.« »In den Wald sollst du gehen, hörst du«, sagte Else. Zeisel trat noch näher heran. »Zeisel, greif den Hüttler nicht an!«, rief Radda. Eduard machte unwillkürlich einen Schritt zurück. »Der macht sich in die Hosen«, lachte Marie. Eduard erstarrte. »Hau ab«, drohte Zeisel schon mit der Faust. »Hier bin ich«, kam es da aus einer Ecke des Raumes, und Trübwasser kam langsam nach vorn: »Was willst du von mir?« »Meine Frau«, begann Eduard. »Bist verheiratet?«, unterbrach ihn Elisabeth. »Sie bekommt ein weiteres Kind«, sagte Eduard und er sah dabei Josepha an. »Na und?«, stieß ihn Zeisel von hinten an. »Der Sothen«, stammelte Eduard, »der Sothen –« Eduard blickte in Trübwassers Gesicht. »Du sollst das Gut verlassen«, sagte Eduard und mit einem Beben in der Stimme: »verlangt der Sothen von mir.« Einen Moment war es still, dann brach ein wildes Geschrei aus: »Geh selbst, niemand will einen, der in den Rücken der eigenen Leut fällt!« »Kommt sich besser vor als andere!« »Wie ein Sothen!« Da drehte sich Eduard um und lief hinaus. »He!«, rief ihm der Kellermeister nach. »Juliane hochschwanger«, befiel es Eduard, »der Sothen, der Kellermeister.« Eduard hörte Bertas Stimme von der Seite, er lief weiter, Trübwasser ihm nach. »Bleib stehen!«, schrie dieser, aber Eduard rannte, Tränen im Gesicht, »schwanger die Juliane, der Trübwasser, und ich ein Sothen.« Als Eduard stolperte, holte ihn Trübwasser ein. Eduard verbarg sein Gesicht in den Händen. »Ich geh schon«, sagte Trübwasser außer Atem, legte ihm die Hand auf die Schulter: »Mach keinen Unsinn, bald hast du fünf Kinder!« Eduard hielt den Kopf in den Händen vergraben. »Ich geh, hast du das verstanden«, sagte Trübwasser, Eduard schüttelte den Kopf. Berta stand nicht weit weg davon, auch das Gesinde war nachgekommen. »Der Sothen bringt uns noch alle um«, sagte Trübwasser, dann kehrte er den Rücken und ging an den Leuten vorbei; schüttelte diejenigen ab, die ihn aufzuhalten versuchten, sagte Danke in Richtung Josepha. Else wollte ihm noch etwas nachrufen, aber da hatte er schon das Gut hinter sich gelassen. Berta half Eduard auf. Stumm ging die Menge auseinander. »Der Sothen lässt mir keine Wahl«, sagte Eduard. »Geh zu Juliane«, sagte Berta. »Keine Wahl lässt mir der Sothen«, sagte Eduard, immer wieder. »Bei uns brauchst du dich nicht mehr blicken lassen«, kam es aus der Richtung des sich auflösenden Gesindes.

Juliane war überrascht, Eduard auf der Rohrerwiese zu sehen. »Hast du was vergessen?«, fragte sie, der Zweieinhalbjährige schlief tief auf ihrem Rücken. Doch Eduard gab keine Antwort, ging einfach ins Haus, ließ die Tür zufallen. Juliane stutzte, klopfte leise. Es blieb still hinter der Tür, und Juliane klopfte ein zweites Mal, fragte, was denn los sei. Eduard ertrug ihre Frage nicht, er ertrug nicht einmal ihre Stimme, er ertrug sich selbst nicht. Juliane drückte nun die Klinke herunter, blieb aber im Türrahmen stehen, der Bauch schaute vor, am Rücken hing das Kind. Eduard drehte sich weg. Er wollte sich nicht noch einmal eine Blöße geben, nicht vor Juliane, nicht noch vor Juliane, auch wenn sie die Einzige war, welche die Blöße bedecken konnte. Sie blieb im Türrahmen stehen, und still, als ob die offene Tür wichtiger als eine Antwort war. Eduard dachte, alle verabscheuten ihn, und er tat es ja selbst: Er wäre den eigenen Leuten in den Rücken gefallen – und nicht einmal das hatte er geschafft. Und plötzlich sprach Eduard überstürzt: »Der Sothen hat verlangt, und ich hab zuerst nein gesagt, die Berta hat mich geholt, und die Baronin hat dann, wegen dem Kellermeister« – Juliane versuchte, das Unzusammenhängende in eine Reihenfolge zu bringen. »Und dann bin ich ins Gesindehaus«, sagte Eduard. »Hast du etwa mit den Leuten von der Meierei geredet?«, fragte Juliane. Eduard ging nicht auf sie ein, man habe ihn beschuldigt, sprach er hastig weiter, der Zeisel habe auch schon die Faust gehoben, und dann sei der Trübwasser hervorgekommen und er, Eduard, habe ihm sagen müssen, weil der Sothen, und Eduard sagte immer wieder hintereinander: »Sothen, Sothen, Sothen« und wiederholte, dass er gezwungen worden sei, aber Juliane konnte noch nicht herausfinden, wozu – und auch nicht weswegen man ihn beschuldigt hatte. Der Trübwasser sei dann von sich aus gegangen, sagte Eduard, und darauf fing er von Neuem zu erzählen an. Juliane hatte Verständnis, auch wenn sie Unruhe zu verspüren begann: Sollte Eduard nicht besser zurück zu seiner Arbeit, Sothen warte doch nur auf so eine Gelegenheit. Eduard merkte davon nichts, er war herabgesetzt worden und es schien, auf dieser niedrigen Stufe nahm er nun die Welt wahr.

»Weggelaufen bin ich«, musste Eduard wieder denken. Alle hatten das gesehen, nur Juliane wusste davon nichts. Davon, dass sie wegen ihm, hochschwanger und mit vier Kindern, vor dem Nichts gestanden hätte. Er hatte sich in die Knie zwingen lassen, zuerst von Sothen und Fanni, dann vom Gesinde. So viel Gefügigkeit vor Juliane zuzugeben hatte er keine Kraft.

»Nur verstecken«, sagte Eduard wie ein Kind, und auf einmal fühlte sich für Juliane das Kind am Rücken doppelt so schwer an, und sie hatte ja auch noch eines im Bauch, und für die drei anderen sollte sie schon das Mittagessen vorbereiten.

Und sie spürte Ärger in sich hochsteigen, Ärger gegen ihre Mittellosigkeit, die sie in etwas hineingedrängt hatte, das sie noch ärmer machte. Sie spürte das Feuchte der Hütte; und jetzt wachte auch noch das Kind auf. Eduard sagte da in das Weinen: »Ich kann nicht mehr.« Und das einzugestehen erleichterte ihn schließlich; während der Blick ausgerechnet auf den erleichterten Eduard Julianes Ärger in Angst verwandelte.

Berta war zu den Tauben gegangen. Hier oben, in der Meierei, solle er sich nicht mehr blicken lassen, hatte man gesagt, dachte sie in das Gurren. Das Gesinde hatte ihm einen Bann auferlegt; als sei es Herr im Haus: Es war selbst wie ein Sothen, dachte sie in das Gurren. Sie streute eine Handvoll Körner aus. Das Silberkettchen von einem Sothen, dachte sie in das Picken.

Im Schloss redete Fanni auf Sothen ein, er müsse das

Gesinde überwachen, das Gesinde sei stark, es hätte sogar mit Hüttler kein Mitleid – Wie lange hätten sie beide ihn geduldet! –, und Hüttler sei ein Feigling, weggelaufen sei er am End, aber das mache ihn nicht ungefährlicher. Trübwasser habe er aber aufgefordert zu gehen, meinte Sothen. Sei ihm ja nichts anderes übrig geblieben, erwiderte Fanni. Sothen sah sie an: Sie sprach über das Niederträchtige, als hätte es nicht nur keinen Wert, sondern sogar an Wert dazugewonnen – vielleicht war Fanni seine größte Schwäche. Sothen antwortete, er werde das Gesinde im Auge behalten und der Hüttler schaufle sich mit seinen Kindern sowieso sein eigenes Grab, und goss Wein in Gläser. »Hauptsache den Trübwasser haben wir los«, hob er das Glas. »Der Hüttler ist der nächste«, beharrte Fanni. »Er ist berechenbarer«, meinte Sothen. »Täusch dich nicht«, erwiderte Fanni und nahm halbherzig ihr Glas.

An diesem Abend herrschte im Gesindehaus Stille. »Wie nur gegen den Sothen ankommen«, sagte Josepha. »Der Trübwasser fehlt«, sagte Else. Zeisel sagte: »Dass der Hüttler wirklich den Trübwasser –« »Was hätt er denn tun sollen, mit der schwangeren Paschinger und seinen vier Kindern?«, warf Josepha ein. Radda sagte: »Wir müssen uns gegen den Sothen stemmen.« Else drehte sich zu ihm. »Du redest doch nur die ganze Zeit!«, herrschte sie ihn an: »Wer ist statt der Josepha zum Sothen gegangen? Wer hat sich für den Hüttler geopfert? Der Trübwasser, nicht du!« Radda starrte sie an. »Die Else ist so fuchsteufelswild, weil sie in den

Trübwasser –« »Sei still, Marie«, fuhr Else sie an, »du hast sowieso nur eine Freud am Auswischen!« »Else, eine Heilige«, sagte Elisabeth darauf: »Sogar den Trübwasser nimmt sie als Gast auf.« »Und du«, ging Else sie an, »dass du nur ja nicht zu kurz kommst!« »Genug«, schritt Josepha ein, »genug! Der Trübwasser ist weg – wenn wir uns jetzt auch noch gegenseitig die Köpfe einschlagen, hat der Sothen endgültig gewonnen.«

Als Juliane dann am Abend darauf zu bluten anfing, Berta mit bebender Stimme in das Gesindehaus stürzte und Josepha mit ihr sofort zur Hütte auf der Rohrerwiese lief, machte sich Beklommenheit breit. »Hoffentlich sind die Aufregungen für die Paschinger nicht zu viel gewesen«, sagte Else, starrte in das Wippen von Raddas Fuß.

In dieser Nacht schlug Berta auf dem Rückweg ihren Schleier zurück, das schaukelnde Laternenlicht in der kalten Schwärze. Das Kind, eine Wolke aus dem Mund. Eduard und Juliane, eine Flechte. Tropfen im Gesicht. Trübwasser im Gesinde. Pilze, die im Verborgenen Holz zersetzten – weicher Waldboden, für das tote Kind. In einen Baum hatte es eingeschlagen. Fanni und Sothen fällig. Und sie mit dem Silberkettchen. Eine Wurzel, über die sie stolperte. Den Schleier vom Kopf gezogen: Die Meierei im Schutze der Dunkelheit. Das Schloss im schaukelnden Licht.

Sothen übernahm die Kosten für das bescheidene Begräbnis. Eduard sagte Danke. »Vier gesunde Kinder hat sie«, sagte Fanni. Sie blickte düster Josepha nach, die Nahrung zur Rohrerwiese brachte, angeblich teilten Radda und Else auch die Dienste der Wäscherin untereinander auf, damit diese nach Juliane sehen konnte, Fanni würde den Verwalter Spieß darauf ansetzen. Sie folgte Josepha mit den Augen. »Unter allen Umständen müssen sie auseinanderdividiert werden«, dachte sie, drehte sich hierbei zu Sothen um: »Die Zusatzarbeiten werden dem Gesinde ausgezahlt, weil sie dem Hüttler so beistehen«, sagte sie und fügte an: »Den Hüttler können wir leider nicht belohnen.« Sothen nickte: »Ja, das wäre ein falsches Signal. Bevor nicht geheiratet wird, gibt es keinen zusätzlichen Kreuzer.« Fanni blickte zufrieden aus dem Fenster. »Ist das nicht«, kniff sie da die Augen zusammen, »die Berta mit den Kindern vom Hüttler? Die Flegel sollen auf der Rohrerwiese bleiben, ich will sie nicht in der Meierei!« »Sie füttern nur gemeinsam die Tauben«, erwiderte darauf Sothen.

»Dem Sothen tut's jetzt leid«, meinte Marie später in der Wirtschaftsküche. »Dem Sothen tut gar nichts leid«, winkte Else ab. »Mit dem Geld für uns, aber nicht für den Hüttler, soll nur wieder ein Keil zwischen uns getrieben werden.« Radda, der geschwiegen hatte, sah Else dankbar an. »Aus Anerkennung für die Nächstenliebe«, sagte Josepha, »der Lohn der Zusatzarbeiten ist es, nichts anderes!« »Solche wie der Sothen glauben, sie könnten alles mit Geld«, sagte Else. »Mit Geld könnt ich's auch«, Zeisel darauf. »Berta«, sagte da Else, »schaut nach den Kindern vom Hüttler, der geht's nicht ums Geld.« »Hört, hört, die Else auf einmal«, höhnte Zeisel.

»Es wär ein großes Pech, hab ich gesagt«, weinte Juliane unterdessen in der Hütte. »Ich darf nicht zu spät kommen«, seufzte Eduard, schulterte das Gewehr und verließ die Hütte. Juliane wischte sich mit dem Handrücken über das Gesicht, zog den Rotz hoch und stellte sich an das Herdfeuer.

»Den Hüttler hab ich wieder traurig in der Wildgrube sitzen sehen«, kam Radda herein, »so geht das schon über ein Jahr!« »Der Tod vom Kind, die Geschichte mit dem Trübwasser, den Sothen andauernd im Genick«, sagte Josepha. »Ohne die Paschinger wär der Hüttler ganz verloren. Schaut aus, als könnt sie vom ersten Lüfterl umgeblasen werden, bleibt aber aufrecht stehen im Sturm.« »Was der Trübwasser wohl macht?«, hielt Else einen Moment im Scheuern der Töpfe inne.

»Hat der Hüttler etwa getrunken?«, blickte Fanni aus dem Kanzleifenster in den Hof der Meierei. »So viel Geld ist anscheinend noch übrig«, murmelte Sothen beim Schreiben. »Er hat schon Feierabend und du sitzt noch da«, sagte Fanni, sah jetzt, wie die drei älteren Kinder auf ihren Vater zuliefen, das jüngste blieb zurück, warf Blätter in die Luft. »Für die Kinder ist das Zechen bereits normal«, schüttelte Fanni unterdessen den Kopf, »Und schau sie dir an – barfuß laufen sie herum, im Herbst, das Haar strähnig, die Hosen vollkommen verdreckt. Und die Paschinger sagt, sie könne nicht die Kühe melken, weil sie sich um die Kinder kümmern müsse.« »Aber setzen eins nach dem anderen in die Welt«, seufzte Sothen. »Alle unehelich«, sagte Fanni. »Dem Hüttler ist das egal.« »Das Geld wird lieber vertrunken«, erwiderte Sothen, »da ist das Verstorbene im Himmel besser aufgehoben!« »Doch manche des Gesindes halten eisern zu ihm«, klagte Fanni mürrisch. »Lieber blind gegen den Herrn als sehend gegen ihresgleichen«, meinte Sothen und fügte an: »Ihr Untergang letztendlich.« »Der Hüttler fühlt sich aber sicher.« »Na, wenn er nur einmal bei der Arbeit trinkt –«, warnte Sothen. »Schon wieder steht ein schriftlicher Bericht aus«, stimmte Fanni sogleich ein. »Der Hüttler spielt mit dem Feuer.« »Sie glauben, sie können machen, was sie wollen, jeder Vorwand ist ihnen recht«, schüttelte Fanni erneut den Kopf. »Wir sind aber nicht ihr Knecht«, sagte Sothen und schrieb weiter.

Die Kinder liefen jetzt zum Taubenschlag. »Kommt, helft mir füttern!«, winkte Berta sie herein, hob das Jüngste hoch. Sie gab den älteren Kindern das Säckchen mit den Körnern, während das Jüngste abwechselnd mit ihrem Schleier und ihrem Silberkettchen spielte. »Mein Vater hat mir gezeigt, wie man mit Tauben Nachrichten verschickt«, erzählte Berta und in ihrer Erinnerung raschelte es – das Seidenpapier. Und trippelte – dünne Taubenbeine. Ein kratzendes Geräusch – das Schreiben von Zahlen. Flügelschlagen: Die Taube stieg mit der Nachricht am Bein in die Lüfte. Lautlos war das Nachblicken der Taube und lautlos das Nachfahren des Kettchens, so wie es das Jüngste gerade tat. Da stutzte Berta: »Sothens Kettchen? Und warum Zahlen?« Eine Nachricht aus der Erinnerung, auseinandergefaltet.

»Ich hab die Paschinger heut beim Brunnen getroffen, und richtig abgezehrt hat sie ausgeschaut«, sagte Else. »Der Winter ist besonders hart«, sagte Radda, »wenn ich an ihre Hütte denk!« »Und einiges haben sie hinter sich«, seufzte Josepha. »Der Eduard trinkt aber weniger, meinen die in der Wildgrube«, sagte Radda. »Riskieren darf er nichts«, warnte Josepha, »der Sothen liegt auf der Lauer.«

»Es war schon längst fällig«, bekräftigte Fanni Sothens Entscheidung. »So oft habe ich um diesen schriftlichen Bericht bitten müssen!«, schüttelte Sothen den Kopf. »Kein anderer Dienstherr hätt so lang zugeschaut«, unterstrich Fanni. »Wär das mit dem Kind nicht passiert«, sagte Sothen. »Eineinhalb Jahre haben sie sich damit noch rausschlagen können«, nickte Fanni. »Was wir uns haben gefallen lassen! Bald ein

Jahrzehnt lang«, warf sich Sothen seine eigene Gutmütigkeit vor. »Das wird auch eine Lektion für das Gesinde sein«, sagte Fanni. »Vielleicht kommt es einmal darauf, dass es ein so schlechtes Los gar nicht ist, hier zu sein«, meinte Sothen. »Der Hüttler und die Paschinger können ihr schamloses Leben jedenfalls woanders führen«, sagte Fanni. »Am Hüttler kann man wirklich den Niedergang studieren«, seufzte Sothen.

»Der Sothen hat uns gekündigt!«, stolperte Eduard in die Hütte, brachte Schnee herein. Juliane legte den Zeigefinger auf den Mund, ihre Augen vor Schreck aufgerissen deutete sie auf die in der Ecke der Hütte mit Berta spielenden Kinder. Berta begann sogleich ein Klatschspiel und Eduard zu Juliane vornübergebeugt in das Klatschen: »Angeschrien hat er mich zuerst, dass es nicht zu viel verlangt sei, dass ich ihm regelmäßig einen Bericht schreibe, dass ich die Zeit lieber mit Trinken vertu, dass wir keinerlei Respekt kennen würden, seine Frau von den Kindern nur beleidigt werden würd. Höchste Zeit sei es, einen Schlussstrich zu ziehen, nach zehn Jahren sei seine Geduld am Ende und da« – Eduards Stimme zitterte – »hat er gekündigt.« »Es ist Winter, wir haben nicht einmal genug Schuhe für alle Kinder!«, erwiderte Juliane, die Stimme versuchte sie zu senken, die Stirn tief gefurcht. Berta klatschte beharrlich in die Hände der Kinder, dachte: »Der Sothen wird doch nicht den Eduard«, dachte daran, wie sie ihn auf die Zahlen angesprochen, wie er einfach erklärt hatte, sie müsse sich falsch erinnern, ihr darauf zuerst ausgewichen war, dann aber davon zu sprechen begann, dass Fanni die Tauben noch nie habe ausstehen können, er sich jedoch immer für sie eingesetzt habe. Bis jetzt, hatte er hinzugefügt. Juliane drängte Eduard: »Knie vor ihm hin, wenn's sein muss!« und Eduard zog wieder Mütze und Schal über und lief zurück dorthin, von wo er gekommen war. Klatschen.

»Du hast was?«, Fanni konnte es nicht fassen: »Kann ich nicht einen Augenblick im Schloss meine Ruhe haben!« »Auf die Knie ist er gefallen«, verteidigte sich Sothen, »erpresst hat er mich mit seinen Kindern!« »Mit seinen Kindern!«, Fanni schüttelte den Kopf. »Lümmel sind's!« »Dass es doch Winter sei, sie nur zwei Paar Schuhe für alle Kinder hätten«, Sothen ließ die Hände sinken. »Du willst also vor ihm auf die Knie fallen, um einen läppischen Bericht zu erhalten?«, sah ihn Fanni mit bösen Augen an. »Dein Geld versoffen sehen? Ein womöglich aufs Neue aufgestacheltes Gesinde?« »Der Winter ist bald vorbei«, erwiderte Sothen, warf ein Holzstück in die Flammen des offenen Kamins. Fanni blickte ihn noch immer verärgert an. »Das weiß er nicht, dass ich nur darauf warte«, sagte Sothen. »Soll der Hüttler doch nur glauben, dass er eine neue Chance hat!« Fannis Gesichtsausdruck änderte sich. »Ja, sollen sie sich in Sicherheit wiegen«, bekräftigte Sothen. »Na vielleicht«, Fannis Stimme klang versöhnlich, »ist jetzt die Paschinger zumindest die letzten Monate weniger unverschämt.« »Lästige Leut«, und Sothen machte eine Bewegung, als müsste er im Winter Mücken verscheuchen.

Eduard steckte Juliane eine Wiesenblume in die abgetragene Kittelschürze, sie lächelte und strich sich verlegen über ihr zu einem dünnen Zopf geflochtenes Haar. Die Kinder umringten sie beide, ungeduldig, ihrem Vater zeigen zu können, was sie im Wald gesammelt hatten. »Wie sie größer werden«, sagte Juliane an Eduard gelehnt. »Er hilft bereits ordentlich mit«, nickte Eduard, strich dem Ältesten über den Kopf. »Ich auch!«, kam es vom Mädchen. »Sowieso«, lächelte Eduard, kniete sich zu den Jüngeren. »Sie haben sich schon immer angestrengt«, sagte Juliane und murmelte: »Schlecht behandelt können sie trotzdem werden.« »Was habt ihr denn Schönes gefunden?«, fragte unterdessen Eduard, das Jüngste zupfte an seinem üppigen Bart. »Hat der Sothen eigentlich das Geld, das du für seine Arbeiter ausbezahlt hast, schon zurückgegeben?«, fragte Juliane. Eduard schüttelte nur den Kopf. »Er glaubt, er hat uns in der Hand!« »Das Schussgeld haben wir auch bekommen«, wiegelte Eduard ab. »Im Mai!«, rief Juliane aus. »Vor Jahresende hätt er's auszahlen sollen!« Die Kinder liefen los, um Fangen zu spielen. »Du weißt ja, wie der Sothen ist«, sagte Eduard mit matter Stimme. »Aber die Kinder lass ich trotzdem nicht beleidigen«, fuhr Juliane auf, sagte leiser, damit die Kinder nichts aufschnappen konnten: »Weggeben sollt ich sie am besten, hat die Frau Sothen heut gemeint!« »Gut, dass sie selber nie welche bekommen hat«, erwiderte Eduard. »Und gestern, als ich ihr das Hundefutter raufgeschleppt hab, hat sie gesagt, dass wir das Hundefutter wohl essen, da fehlt immer was.« Eduard seufzte. »Aber wir lassen uns alles gefallen«, Juliane missmutig. »Das Geld wird er sicher zurückzahlen«, sagte Eduard. »Der Sothen sitzt jetzt bestimmt noch in der Kanzlei«, Juliane darauf. »Ich geh schon«, sagte Eduard erschöpft. »Spiel mit uns!«, riefen ihm die Kinder nach.

An der Kanzleitür räusperte sich Eduard, aber Sothen prüfte weiter Rechnungen. Eduard blieb einen Moment stehen, dann überwand er sich: »Ich würd noch die fünfzehn Gulden bekommen, die ich den Arbeitern beim Schönauer Gut fürs Holzfällen gegeben hab, Herr Baron.« Sothen hob den Kopf. »Mit der Leistung der Arbeiter bin ich ganz und gar nicht zufrieden«, sagte er, »für so was gibt's keine Bezahlung!« Eduard starrte ihn an. »Ich hab sie jetzt aber schon bezahlt«, sagte er leise. »Lassen Sie sich das Geld von den Arbeitern zurückzahlen, Hüttler! Dann erleben Sie einmal, wie das ist, mit Ihresgleichen!« »Herr Baron«, sagte Eduard, senkte seine Augen, »ich brauche das Geld.« »Fürs Wirtshaus?«, legte Sothen den Kopf schief. »Herr Baron«, sagte da Eduard, »das Geld steht mir zu.« Sothen hob seine Augenbrauen: »Es steht Ihnen zu?« Eduard deutete ein Nicken an. Sothen wurde rot im Gesicht: »Was Ihnen zusteht, entscheide ich, Hüttler!« »Ich brauche das Geld für meine Familie.« Sothen erhob sich. »So eine Unverschämtheit!« Er zeigte zur Tür: »Von Ihnen muss ich mir nichts vorschreiben lassen!«

Bevor Eduard zurück auf die Rohrerwiese ging, ging er hinunter in die Wildgrube.

Ein paar Tage später klopfte es am Nachmittag und vor Juliane stand Sothens Verwalter. »Der Herr Baron ist in geschäftlichen Dingen für drei Tage unterwegs«, sagte Spieß, »das ist aber von Ihnen zu unterschreiben«, und er übergab ihr einen Zettel. Juliane blickte auf den Zettel: »Ich werde entlassen«, fragte sie, »grundlos?«, und beim Weiterlesen weiteten sich ihre Augen noch mehr: »Auch dem Eduard wird endgültig gekündigt?«, rief sie aus. »Bitte, unterschreiben«, wiederholte Spieß nur. »Das –«, Juliane schüttelte den Kopf. »Und der Eduard ist gar nicht hier«, und sie sagte bestimmt: »Ich unterschreib nix.« Der Verwalter hielt ihr den Zettel hin. Darauf schloss sie einfach die Tür. Auch als der Verwalter abermals klopfte, machte sie nicht auf, lehnte an der Wand, die Hände vor dem Gesicht.

Juliane lief Eduard am Abend entgegen. »Endgültig ist gestanden und irgendwas wegen den Holzarbeiten!« Eduard war vor Angst gelähmt, als er von dem Brief hörte. »Und die letzten Berichte hast du ganz pünktlich abgeliefert«, sagte Juliane mit erstickter Stimme. Dass er nicht nach dem Geld hätte fragen sollen, dachte Eduard. »Ein zweites Mal gibt er nicht nach, dafür sorgt schon die Frau Sothen«, und Juliane begann zu weinen. »In drei Tagen ist er zurück«, brachte Eduard hervor, seine Schuhspitze bohrte er jetzt in den trockenen Waldboden.

Beim Abendessen herrschte in der Hütte Schweigen, die Kinder wechselten Blicke, durch das Fenster drang das Vogelgezwitscher der hereinbrechenden Dämmerung. »Dürfen wir morgen wieder die Tauben füttern?«, fragte das Mädchen.

»Hast du nicht einmal gesagt, dass er uns nicht verjagen wird, der Sothen?«, Juliane abgekämpft im Bett zu Eduard. »Ja«, sagte Eduard leise, »aber da war er in der Höhe.« »Der hat doch nach all der Zeit noch mehr Millionen«, erwiderte Juliane. »Vielleicht das Geld, aber angehimmelt wird er nicht mehr deswegen.« Und Eduard fügte hinzu: »Das macht ihn jetzt gefährlicher als die Frau Sothen.«

»Hüttler, Sie wollen mir doch nicht weismachen, dass Sie jetzt aus allen Wolken fallen!«, rief Sothen aus, nachdem Eduard drei Tage nach Erhalt des Briefes in die Kanzlei bestellt worden war. »Bitte, lassen Sie mir mein Brot!«, Eduard fiel auf die Knie. »Hüttler, seien Sie endlich ein Mann, stehen Sie auf!« Eduard senkte den Kopf, erhob sich: »Bitte«, sagte er leise, »auf mich haben Sie sich immer verlassen können.« »Mit dem Einundzwanzigsten will ich Sie hier fort haben!« »Herr Baron«, stockte Eduard, »die Kinder.« »Die Kinder, die Kinder«, schrie Sothen, schnellte hoch, ging auf Eduard zu und tippte mit dem Zeigefinger auf seine Brust: »Ich will sie nicht mehr sehen auf meinem

Gut!« »Aber, Herr Baron«, stammelte Eduard. »Zehn Jahre, Hüttler, zehn Jahre schau ich Ihrer Ehrlosigkeit zu, lass mich immer wieder erweichen, obwohl es, bei Gott!, keinen Grund dafür gibt: Die Holzarbeiten im Wald so oft säumig, um jeden schriftlichen Bericht muss ich betteln, den Holzdieben selber nachlaufen, weil mein eigener Förster nicht dazu imstande ist!« Eduard blickte auf den Boden. »Beim Trinken muss ich ihm zuschauen, Forderungen stellt er aber an mich – und dann muss ich noch seine Geliebte tolerieren«, Sothen puterrot, »dabei hat die nichts Besseres zu tun, als die Kinder gegen meine Gattin aufzuhetzen – und mir die Tür vor der Nase zuzuschlagen!« »Aber sie hat doch nicht Ihnen«, wandte Eduard ein. »Hüttler! Reden Sie nicht dazwischen!« »Herr Baron –« »Gehen Sie mir aus den Augen, Hüttler! Zehn Jahre! Macht, dass ihr endlich fortkommt!« »Bitte, Herr Baron, bitte, lassen Sie mir zumindest Zeit, einen neuen Dienst zu finden!« Sothen blickte ihn an. Dann sagte er: »Ein paar Tage können Sie haben, Hüttler, vom Lohn am End ziehe ich es Ihnen halt ab.« Er setzte sich wieder hin: »Und jetzt verschwinden Sie in den Wald, die letzten Diensttage wollen Sie nicht auch noch zu spät kommen!«

»Was der Sothen hat? Ich hör ihn nur herumschreien«, schüttelte Zeisel den Kopf. »Der Hüttler ist drinnen«, sagte Radda. »Der Hüttler?«, Else und Josepha blickten sich erschrocken an. Im Taubenschlag sahen die Kinder Berta fragend an, sie winkte ab, spielte jedoch nervös mit dem Kettchen.

»Wir müssen fortgehen«, sagte Eduard. »Hast du ihm nicht gesagt, die Kinder!« Juliane starrte ihn an. »Wir müssen fortgehen«, wiederholte nur Eduard. »Fort!« Juliane versuchte zu verstehen, dass nichts mehr zu retten war. »Wenn ich ihn noch mal seh, dann –«, murmelte Eduard. »Aber wohin denn?«, Juliane bedeckte einen Moment ihr Gesicht mit den Händen. »Aber wohin denn?« »Wie er sich aufgeregt hat, dass dem Verwalter die Tür zugeschlagen worden ist«, schüttelte Eduard den Kopf. »Aber gezwungen sollt ich werden, deine Kündigung zu unterschreiben!«, weinte Juliane. »Ganz recht hast du gehabt«, beruhigte sie Eduard. »Wir werden was finden«, sagte er, dachte: »Aus dem Weg muss ich ihm gehen.« Juliane fuhr sich mit dem Schürzenzipfel übers Gesicht, blickte ihn an: »Den Kindern sagen wir noch nichts«, meinte sie, strich sich noch einmal die Tränen weg.

»Ich muss jetzt ins Revier«, sagte Eduard, nahm das Gewehr, küsste Juliane flüchtig auf die Wange und ging. »Aber wohin denn?«, hallte es in ihm. »Aber wohin denn?«

»Endlich haben wir sie los«, Sothen beim Mittagessen gelöst. »Der Berta werden sie fehlen«, Fanni mit Genugtuung, »aber sie hat ja die Tauben.« »Der Wein vom Hauer Hengl ist unübertroffen«, tat Sothen noch einen Schluck, bevor er das Fleisch lobte. »Am Nachmittag fahr ich zur Holzstätte, Besorgungen«, sagte Fanni, »brauchst du was aus der Vorstadt?« Sothen schüttelte den Kopf, sagte: »Ich fahr sowieso morgen in die Stadt, den Kaufvertrag unterschreiben.« Fanni strich ihm über die Hand. »Vergiss nicht die Besprechung heute Abend mit dem Gutsverwalter in der Kanzlei«, erinnerte sie ihn. »Den Försterposten kann er schon neu besetzen«, nickte Sothen. »Um die Hüttlerschen Kinder muss ich bald keinen Bogen mehr machen«, seufzte Fanni erleichtert. »Gott möge ihnen beistehen«, sagte Sothen und nahm sich eine weitere Portion Fleisch.

»Dem Hüttler und der Paschinger haben sie endgültig gekündigt«, kam Radda mit den Neuigkeiten herein. »Das glaub ich nicht«, sagte Else. »Der Sothen hat ihn schikaniert und schikaniert«, schüttelte Josepha den Kopf, »und jetzt steht er erst recht mit der Paschinger und seinen vier Kindern da.« »Er muss halt einen Dienst finden, wie jeder andere auch«, meinte Marie.

Als Eduard am Abend zurückkam, hatten die Kinder schon gegessen, ahnungslos waren sie noch und saßen so auf dem Bett, Juliane in ihrer Mitte, und für einen Moment blieb Eduard in der offenen Tür stehen und schaute, als wäre er schon nicht mehr mit im Bild. Juliane hob überrascht ihren Kopf, als sie ihn bemerkte. »Weißt du, wer heut im Revier geschossen hat?«, fragte er statt einer Begrüßung, »Die Umherschießerei ist dem Herrn Baron nicht recht.« Juliane zuckte mit den Schultern, die Kinder waren vom Bett gehüpft und zum Vater gelaufen. »Ich bin gleich zurück«, sagte er. »Musst du noch einmal los, jetzt?«, fragte Juliane erstaunt. Er strich über die Köpfe der Kinder, schulterte wieder sein Gewehr und sagte zu Juliane: »Wärm mir das Essen auf.«

In der Wildgrube sprach er mit niemandem.

»Dass er nicht und nicht kommt«, dachte Juliane, während sie die Kinder in den Schlaf sang, das aufgewärmte Essen schon wieder kalt geworden.

Gspöttgraben

Juliane erwachte, als es langsam hell wurde. Sie stand leise auf, nahm den Holzlöffel und räumte die Schüssel weg; stehen gelassen hatte sie alles, als hätte er noch zurückkommen können. Dann setzte sie sich auf einen Küchenstuhl, saß im Morgengrauen, wünschte die Nacht herbei, welche die Kinder geschützt hatte. Eduard hatte statt zu essen Sothen erschossen.

Das Schlafzimmer war in den gelben Schein der zugezogenen Vorhänge getaucht, als Fanni erwachte. Für einen Augenblick war alles wie gewohnt – nur der Frisiertisch etwas weiter rechts. Noch nie war sie im Bett auf seiner Seite aufgewacht. Ins gelbe Licht fielen Tränen.

Berta wurde von einer befehlshaberischen Stimme aufgeweckt. Fannis Bruder sprach offenbar mit dem Arzt, aber sie hörte nur ihn. Dass am frühen Nachmittag die Leiche Sothens erwartet werde, dies aber seiner Schwester noch verschwiegen werden solle. Auch sei schon alles für die Aufbahrung in Vorbereitung, morgen dann das Begräbnis am Himmel. Die ersten Trauergäste hätten sich für heute angekündigt. Aber jeder hätte sicher Verständnis dafür, würde Fanni es vorziehen, in ihren Gemächern zu trauern, gab der Bruder dem Arzt zu verstehen, was dieser erzielen sollte.

»Sothen«, dachte Berta, sie blickte zum Schleier am

Bettpfosten. »Sothen und Eduard«, dachte Berta. Dachte: Zwei, die ihre Hasenscharte nicht gestört hatte. In dieser Gemeinsamkeit vereint.

»Ich hab vom Sothen geträumt«, kam Zeisel in die Wirtschaftsküche, rieb sich die Augen. »Dass du das Taschentuch von der Baronin eingesteckt hast?«, meinte Radda. »Taschentuch?«, gab Zeisel irritiert zurück. »Die Josepha wäscht es für dich«, sagte Else. »Und dann kriegt's die Paschinger«, nickte Radda. »Helft mir, hat der Sothen gerufen«, sagte Zeisel verärgert. »Niemand kann ihm mehr helfen«, erwiderte Else. »Jetzt geht's ihm wie uns«, sagte Radda. »In der Nacht sei die Baronin im Haus umhergeirrt, erzählt die Dienerschaft«, Elisabeth laut zu Marie. »Ihr ist auch nicht mehr zu helfen«, sagte Else. Josepha kam zur Tür herein und wandte sich an Zeisel: »Vom Blut keine Spur mehr«, sagte sie stolz und zeigte das Spitzentaschentuch.

Mitten in der Nacht war Eduard noch einmal aus der Zelle zu einer Befragung gerufen worden. Dass dies sein Gewehr und seine Jagdtasche seien, hatte er bestätigt, dann war er zurück in die Zelle geführt worden. Schon vor dem Verhör war er die ganze Zeit über in der Hütte gewesen – auch danach ging er wieder dorthin. Der Tisch in der Mitte des Raumes, das verzogene Fenster, die schlafenden Kinder, da drehte Juliane den Kopf: »Wo sind denn deine Jagdtasche und dein Gewehr?«

Das älteste Kind wurde munter und stieg über die

anderen. Ob der Vater schon im Wald sei, fragte der Bub ins Anziehen. Als er keine Antwort bekam, drehte er sich zu seiner Mutter zurück. Juliane machte den Mund auf. Die anderen Kinder streckten sich. Juliane das Unaussprechliche auf der Zunge. Der Bub das eine Bein in der Hose. »Der Baron Sothen –«, sagte da Juliane. »Ein Unglück, in der Meierei.«

In der Holzhütte, in der vier Kinder nun versuchten zu verstehen, was ihre Mutter zu ihnen sagte, schien wieder die Dunkelheit in den gerade angebrochenen Tag Einzug zu halten. Dass der Vater nicht nach Hause kommen würde, weil das Unglück in der Meierei geschehen sei, sagte Juliane. Warum der Vater heute nicht nach Hause kommen würde, fragten die Kinder aber wieder, sprachen vom Heute, ohne zu wissen, dass er schon gestern nicht mehr nach Hause gekommen war; unvorstellbar für sie, dass ihr Vater gar nicht mehr nach Hause käme. Sprachen vom Vater, als sei er der Vater wie immer. Nur der Älteste fragte: »Was für ein Unglück?« Und Juliane murmelte: »Das Gewehr ist plötzlich losgegangen«, und dann hörten die Kinder »zusammenhalten« und »schwere Zeiten«, und sie hätten sich normalerweise schon gegenseitig in die Seite gestupst, würden sie nicht noch etwas anderes als die Dunkelheit bemerken: die Furcht ihrer Mutter. Die Furcht, dass sie – nachdem ihnen gekündigt, ihr Brot und ihre Bleibe nicht mehr gesichert, Eduard nicht nach Hause gekommen war – dass sie als Unverheiratete nun alles verlieren würde: ihre Kinder.

Eduard fuhr aus dem Schlaf hoch, sogleich niedergedrückt von der Last, die er selbst war.

Der Bruder legte die Kondolenzschreiben auf den Frisiertisch, der weiter rechts als sonst stand, und Fanni starrte im Liegen auf sie, während der Bruder sagte: »Der Kanzler des päpstlichen Botschafters ist sogar persönlich gekommen, um im Namen Erzbischofs Vannutelli das Beileid auszudrücken.« Er sagte es fast hochgemut, so viel Bedeutung hatte er als Gemeinderat immer vermisst. »Alle wollen Ihnen beistehen«, fühlte sich der Arzt wie am Vortag verpflichtet, die Worte des Bruders zu behandeln. »Der Herr Leonhard«, murmelte Fanni. Der Bruder zählte nun Mitglieder von kirchlichen Vereinen und Ordensschwestern auf, die sich ebenso bereits eingefunden hätten. »Herr Leonhard, also«, sagte Fanni abwesend, starrte weiter auf den Stapel. Plötzlich hob sie den Kopf und sagte: »Die Paschinger mit ihren Kindern«, sie begann zu zittern, »soll das Gut verlassen!« »Es wird alles geregelt werden«, versuchte sie der Bruder zu beruhigen, aber Fanni schüttelte den Kopf und rief: »Heute noch!«

Juliane stand in der Hütte am Fenster. Was sie nur machen solle, sie blickte auf die Kinder draußen. Das Mädchen spielte mit seinen zwei jüngeren Brüdern. Noch glaubten sie, der Vater sei der Vater wie immer. Der Älteste saß abseits, zog mit einem kleinen Messer die Rinde eines Astes ab. Sein Gesicht war ernst. »Wie stark er Eduard ähnlich sieht«, dachte Juliane, und es traf sie und tröstete sie.

»Die Frau Sothen will die Paschinger mit den Kindern vor die Tür setzen, hat mir die Marie gerade erzählt«, platzte Elisabeth in die Wirtschaftsküche. Else hielt im Auswringen inne und Josepha ließ den Wäschekorb auf den Boden sinken. »Wir hatten schon einmal einen Gast!«, erwiderte Radda. »Den Trübwasser«, sagte Else mit einem Gesichtsausdruck, der Radda verdrießte. »Ich will damit nichts zu tun haben, die Marie bestimmt ebenso wenig«, stellte Elisabeth klar. »Habt ihr auch nicht«, erwiderte Josepha. »Die Kinder vom Hüttler aber nur, wenn sonst nix geht«, brummte Zeisel.

Berta war auf Fannis Bruder getroffen, als dieser die Treppe herunterkam. Er grüßte sie freundlich, schon immer war er es zu ihr gewesen. Berta wusste nicht, obwohl oder weil er die Abneigung seiner erfolgreichen Schwester bemerkt hatte. Ihr höflicher Austausch war schnell beendet. Ein Freund der Familie warte, eilte der Bruder davon und Berta blieb am Treppenabsatz zurück. Sie war kein Freund der Familie; ihre Hasenscharte größer als der Freundeskreis.

Die Berichterstattung sei skandalös, bekam der Bruder vom Major im Salon zu hören. Die Zeitungen seien Fanni unbedingt vorzuenthalten. Und die Lage sei angespannt. Man solidarisiere sich anscheinend mit Hüttler, sammle sogar schon für seine Geliebte und die vier Kinder. Der Bruder schüttelte den Kopf. Baron Sothen würde in den Dreck gezogen werden, prophezeite der Major, und der Bruder ächzte. Eine weitere

Zuspitzung müsse unter allen Umständen vermieden werden, wurde er beschworen, aber der Bruder dachte bereits vom Schrecken befallen, was zu tun und gleichzeitig, wie dies Fanni beizubringen sei.

»Der Klavierklimperer Alfred Grünfeld«, stieß Marie nun in die Wirtschaftsküche mit neuen Informationen, »will in seiner Sommerresidenz, der Grinzinger Villa Wilhelm, ein Konzert geben und das gesammelte Geld, das kriegt dann die Familie Hüttler.« »Sommerresidenz!«, musste Else lachen. »Villa Wilhelm«, schüttelte Josepha den Kopf. »Müssen wir jetzt auch noch froh sein, dass uns die Künstler unterstützen?«, maulte Zeisel.

Um acht Uhr früh war Eduard ein weiteres Mal kurz verhört worden. Um zehn wurde er dann von zwei Gendarmen aus der Zelle geführt und musste in einen geschlossenen Fiaker steigen. Von seinem Platz aus sah er die Jagdtasche und das Gewehr, einer der Gendarmen hielt beides in seinen Händen. Dass der Tannenzapfen im vordersten Fach der Jagdtasche lag, dachte Eduard da. Und der Mensch, der sich gestreckt hatte, um ihn von der Tanne zu pflücken, war einen Tag später unerreichbar wie seine Jagdtasche.

Juliane blieb in der Hütte, sie sollte die geflickten Eimer holen, aber sie wollte nicht hinauf zur Meierei. Als könnte sie dort dem begegnen, was nicht ihr Eduard war.

Der Bruder holte tief Luft, bevor er ins Zimmer von Fanni trat. Sie saß jetzt aufrecht im Bett, allerdings noch immer auf Sothens Seite. Der Bruder kam heran und räusperte sich, und dieses Räuspern versetzte den Arzt sofort in Alarmbereitschaft – wenn der Bruder versuchte, etwas vorsichtig auszudrücken! Fanni jedoch reagierte gar nicht auf das Räuspern, auch nicht auf das wiederholte. Der Bruder sagte schließlich: »Wegen der Frau Hüttler –« »Paschinger!«, redete Fanni jetzt aber sofort dazwischen. »Zu heiraten haben sie in zehn Jahren nicht geschafft!« Der Bruder räusperte sich wieder, ehe er weitersprach: »Die Frau Paschinger und ihre vier Kinder –« »Heute noch«, stellte Fanni klar. »Wir sollten«, versuchte der Bruder es nach einem Vorschlag klingen zu lassen, »bis nach dem Begräbnis warten.« Fanni blickte den Bruder einen Moment verständnislos an, dann schüttelte sie heftig den Kopf und schrie es jetzt: »Heute noch!« »Fanni«, sagte der Bruder, machte einen weiteren Schritt, stieß dabei fast an der Bettkante an, »Fanni, du musst einen kühlen Kopf bewahren.« Fanni riss die Augen auf: »Kühlen Kopf bewahren?« »Wenn sich die Wogen wieder geglättet haben –« »Die Wogen?« Fanni starrte den Bruder an. Der Arzt sah mittlerweile sehr besorgt aus. »Die Frau Paschinger«, sprach der Bruder einfach weiter, »die Frau Paschinger kann frühestens nach dem Begräbnis die Hütte verlassen.« Da sprang Fanni von Sothens Bettseite auf und schrie: »Heute noch!«, sie fuchtelte mit den Händen. »Ich dulde sie nicht in meiner Nähe!« Vorsichtig näherte sich ihr der Arzt. Der Bruder räusperte sich nicht mehr, er sagte bestimmt:

»Wir können jetzt nicht die Mutter mit ihren vier Kindern vor die Tür setzen!« »Die Geliebte des Mörders meines Mannes«, schrie Fanni, schnappte nach Luft, »mit ihrer Brut!« Der Arzt redete beruhigend auf Fanni ein. »Fanni«, sagte der Bruder nachdrücklich, »der Hüttler hat Rückhalt bei gewissen Leuten.« »Aber er ist doch ein Mörder«, brach sie da in ein Schluchzen aus. »Glaub mir, Fanni«, der Bruder legte die Hand auf ihre ruckende Schulter, »wir dürfen nicht zündeln, sonst brennt's am End noch am Himmel!«

Ob er wegen der Eimer rüber gehen solle, kam der Älteste in die Hütte zurück, das Messer eingeklappt. »Ich geh schon«, sagte Juliane schnell. Der Bub musterte die Mutter: »Das Gewehr –« »Plötzlich losgegangen ist es«, sagte Juliane. Der Vater war nicht der Vater wie immer, aber sie waren für immer seine Kinder. »Pass mit deiner Schwester auf die anderen auf!« Der Siebenjährige kam herein: »Die Frau Sothen wird uns heute nicht –«, begann er. »Die Frau Sothen hat ihren Mann verloren«, sagte Juliane streng und dachte verstört: »Das teil ich mit ihr.«

Berta stand nun im Taubenschlag. Man hatte sie nicht loswerden können, dachte sie, obwohl man es gewollt hatte. Aber jetzt, ohne Sothen.

Die Meierei kam in Blickweite, und Juliane wollte im ersten Augenblick umkehren, ging aber dann zügig Richtung Scheune. Wo genau es geschehen sei, fragte sie sich, kam am Kanzleifenster vorbei, und dass sie weniger wusste als andere, dachte sie, schnell holte sie die Eimer, sie war noch niemandem begegnet, und schlug wieder den Weg zurück zur Rohrerwiese ein.

»Paschinger!«, hörte sie hinter sich. Aber sie beschleunigte den Schritt. »Wart doch, Paschinger!« Radda holte auf, und sie warf ihm einen scheuen Blick zu: »Hat er alles gesehen?«, fragte sie sich. »Du, Paschinger, bei uns, da ist immer Platz!« Sie nickte nur, dann ging sie mit ihren Eimern davon. »Der Hüttler war ein Guter«, rief ihr Radda nach.

»Er ist doch ein Mörder, er ist doch ein Mörder«, stieß Fanni hervor, wieder und immer wieder, bis sie der Bruder gemeinsam mit dem Arzt ins Bett zurückführte; sie bestand auf seiner Seite. Der Bruder flüsterte dem Arzt zu, dass er nach den Vorbereitungen für Sothens Aufbahrung sehen müsse. In Wahrheit brauchte er Abstand, den er am besten in der Nähe des Kanzlers des päpstlichen Botschafters, Herrn Leonhard, finden würde.

Sothen war zusammengenäht, gewaschen, angezogen, frisiert und geschminkt worden. Parfum war versprüht worden. Dann war er in den mit Samt ausstaffierten Sarg gelegt worden. Zum Schluss wurden seine Hände ineinandergelegt.

Eduard wusch sich über einem Eimer notdürftig das Gesicht. In der neuen Zelle roch es nach Urin. Mit den Fingern fuhr er durch sein Haar. Dann legte er sich auf den Strohsack. Die Hände in die Nähte gekrallt.

Juliane war mit den Wassereimern zurückgekommen. Für einen Moment stand sie nur so da in der Hütte, einen Wassereimer links, einen Wassereimer rechts. Sie ließ die Eimer auf den Boden sinken und begann zu weinen.

Der Nachmittag – und der Bruder hatte es nicht verhindern können. Insgeheim hatte er gehofft, dass der einstweilige Verbleib der Hüttler-Familie Fanni so niederschmetterte, dass es für sie nur infrage käme, den aufgebahrten Leichnam erst später, in privatem Rahmen aufzusuchen. Nicht zuletzt unter Anraten des Arztes. Aber auch der Arzt war ohne Einfluss geblieben: Fanni erhob sich am Nachmittag von ihrem Bett, um sich für die Aufbahrung umzuziehen. Sie zog das schwarze Kleid über, das sie für das Begräbnis ihrer Schwester gekauft hatte. Damals war sie es aussuchen gegangen, sorgfältig hatte sie es gewählt.

Man trug Fanni schließlich in einem Lehnstuhl zu Sothens Räumen. Vor der Tür verlangte sie abzusteigen. Als man sie stützen wollte, wies sie die Hilfe von sich. Sie betrat den Raum. Gestern Nacht war sie schon hier gewesen, nicht finden hatte sie ihn können. In der Mitte des Raumes jetzt erhöht der offene Sarg. Die Anwesenden standen auf, senkten die Köpfe. »Mein aufrichtiges Beileid«, hörte sie aus den verschiedenen Ecken des Raumes, als wäre das Beileid Bestandteil dieses Raumes, schon immer da gewesen, nur noch nicht zeigen hatte es sich wollen, gestern Abend noch Verstecken gespielt.

Ihr Blick fiel sogleich auf Berta, vor ihr war sie also

da, in der ersten Reihe saß sie schon. Fanni machte ein paar Schritte, bewegte sich dabei seltsam zeitverzögert, als gäbe es noch immer einen Ausgang aus dem Bild, solange man dem Zentrum nicht zu nahe käme. Sie blieb einen Moment stehen.

Ihre kleine runde Statur flankiert von hohen silbernen Kandelabern. Im weichen Licht der brennenden Wachskerzen der reich verzierte Metallsarg, Sothen im schwarzen Anzug darin. »Er hat gestern etwas anderes angehabt«, dachte Fanni, und für einen Augenblick drehte sich der Raum im Schwung der Holzbeine des samtbespannten Hockers, auf dem die Freiherrenkrone und Orden lagen. Der Bruder wollte schon beistehen, dann aber ging sie weiter auf den Sarg zu, an aufwendig geflochtenen Kränzen mit schimmernden Schleifen vorbei, ihre Schritte schleppend. Von draußen war ein Johlen zu hören, der Major wechselte einen besorgten Blick mit dem Bruder. Fanni stand nun auf der Höhe seiner Brust. »Der Leib war zusammengenäht worden«, dachte sie, dachte, »nicht einen Sprung das Salzgefäß, das wir zur Hochzeit –«, ihr wurde schwarz vor Augen.

Wer da gejohlt hätte, kamen die Kinder in die Hütte. Man mache doch keinen Lärm, wo gestorben worden sei, erwiderte Juliane, blinzelte ihre Tränen weg und füllte einen Topf mit Wasser.

Der Arzt hatte sich kurz entschuldigt, nachdem er mit Hilfe des Bruders Fanni aus dem Aufbahrungsraum hinausgeführt, zurück in ihr Zimmer begleitet, ein beruhigendes Bad empfohlen und Opium für später in Aussicht gestellt hatte. Er ging vor das Schloss, stopfte seine Pfeife. Es war ein Sommernachmittag, aber ihn fröstelte, und er ging raschen Schrittes paffend durch den Park, landete bei der Meierei und stieß dort auf die Unterkunft der Gutsarbeiter. »Das Armselige und das Aufwändige so nah nebeneinander«, dachte der Arzt und blies Rauch aus.

Berta, im Aufbahrungsraum, dachte an Fannis Blick, der ihr nicht entgangen war. Angekreidet hatte Fanni ihr, dass sie vor ihr dagewesen war, schon vorne saß. Im Grunde war das von jeher Fannis Vorwurf gewesen, Berta sei immer die Erste. Berta kannte sich aber nur als Letzte.

»Die Berta sitzt bei ihm«, sagte Zeisel. »Niemals hat sie arbeiten müssen«, sagte Marie. »Vielleicht würd sie ja bei uns sitzen, wenn wir freundlicher wären«, meinte Josepha, drehte sich zum offenen Fenster: »Wer da schon wieder gejohlt hat?« »Das wird doch nicht der Trübwasser gewesen sein«, sagte Radda, »was meinst du, Else?« Elisabeth sagte: »Wir sind freundlich genug.«

»Selber angezogen«, dachte Fanni im Badezimmer, schaute auf ihre Hand unter Wasser. »Er hat sich selber angezogen, gestern noch«, sie hob langsam ihre Hand aus dem Wasser, blickte sie an. Nur ein paar Zimmer weiter von ihr lag er, seine Hand unbeweglich. Morgen soll er begraben werden. Sie ließ ihre Hand ins Wasser fallen, es spritzte.

Berta war lange bei dem Aufgebahrten geblieben, bevor sie in ihre Kammer zurückkehrte. »Morgen kommt er in seinen Himmel«, und sie sank auf die Bettkante. Er hatte sich als Einziger um sie gekümmert. Das Silberkettchen ihr gegeben, bevor sie noch Zahlen für ihn verschickt hatte; Zahlen, an die sie sich falsch erinnerte.

Eduard sehnte sich nach Schlaf, den ganzen Tag über, gleichzeitig graute ihm vor dessen Linderung: Denn beim erneuten Aufwachen wäre er noch immer der Mann, der einen anderen getötet hatte.

Fanni hatte, als sie aus dem Bad gestiegen war, einen Moment nur nackt dagestanden, das Nachtgewand angeschaut, das ihr auf einen Schemel gelegt worden war, es war doch erst der Nachmittag. »Anziehen«, dachte sie, »selber anziehen.«

Der Arzt bereitete im Nebenraum das Opium vor. Der Bruder kam herein, ein weiteres Johlen.

»Das ganze Haus soll Schwarz tragen«, trat Fanni schließlich aus dem Bad, »die Gutsarbeiter, die Kutscher, die Diener«, sie drehte den Kopf, »der Arzt.« »Das Gebieterische kommt zurück«, dachte der Arzt erleichtert, nickte schnell. Für sie selbst solle ein Kleid bester Machart morgen zur ersten Stunde ausgesucht werden, wandte sie sich an den Bruder. Und auch für diejenigen, die nichts hätten, solle eines besorgt werden. Der Bruder, glückselig über diesen unverhofften Moment, sagte: »Im Andenken an die Großherzigkeit des Verstorbenen sollten wir auch eine Spende für die

Armen des Ortes veranlassen.« Nichts könnte Sothen würdiger sein, unterstützte der Arzt den Bruder, und der Bruder dachte das erste Mal: »Ein guter Arzt.« Fanni konnte nicht widersprechen. Sie nahm das Opium ein, während der Bruder die Spende veranlassen ging.

»Zweihundertfünfzig Gulden werden noch heute Abend an die Bürgermeister von Grinzing und Sievering gehen«, informierte er den Verwalter, »mit der Auflage, diese schon morgen Früh im Gedenken an den ermordeten Baron Sothen an die Ortsarmen zu verteilen.«

Eduard, der den ersehnten Schlaf fürchtete, konnte sich auch nicht mehr in die Hütte flüchten – Juliane würde wieder wissen wollen, wo denn seine Jagdtasche und sein Gewehr seien.

An einem Tag, so dunkel, hielt die Dämmerung Einzug, ohne dass einer sich um sie kümmerte. Sogar das vierjährige Kind bat nicht, die Kerze anzuzünden.

Die Kinder löffelten im Halbdunkeln gierig die Brotsuppe, der Hunger war bestimmend, wie jeden Abend, sogar an diesem. Das Schlagen der Holzlöffel gegen die Schüssel in der Mitte war vertraut, Eduard würde jeden Moment zur Tür hereinkommen, seine Flinte an den Haken hängen und fragen, warum die Kinder heute erst so spät aßen. »Weil sie auf dich gewartet haben«, würde Juliane sagen. Und die Kinder würden aufspringen und zum Vater laufen. Juliane blickte auf den Haken an der Wand. Die Kinder saßen still.

Es klopfte.

Die Kinder hielten im Löffeln der Suppe inne, Julianes Augen weiteten sich, »Wieder die Polizei? Oder der Verwalter? Die Hütte schon zu räumen?« Erst als es erneut klopfte und schließlich eines der Kinder aufmachen gehen wollte, löste sich Juliane aus der Starre, beorderte das Kind zurück, wischte sich an der Schürze ihre Hände ab, öffnete die Tür und lehnte sie sogleich hinter sich an. Das Mädchen drängte sich mit dem siebenjährigen Bruder sofort ans Fenster, sie lugten hinaus auf die kleine Gruppe, die vor dem Haus in der Dämmerung stand, während der Jüngste einen Stuhl heranschob. Der Älteste blieb stehen vor dem Spalt.

»Der Hüttler ist so hergenommen worden, Frau Paschinger«, sagte eine Bäuerin, und zwei Bauern reichten Juliane volle Körbe. »Danke«, sagte Juliane leise. »Wenn ich das gewusst hätt –«, kam der Wildgruben-Wirt aus der hinteren Reihe. »Er hat also was getrunken«, dachte Juliane, starrte auf die Körbe. »Der Sothen hat seine Straf bekommen«, hörte der Älteste durch den Spalt, hörte: »Ja, der Sothen hat's verdient.«

»Warum die Leute so viele Sachen bringen«, fragten die jüngeren Kinder Juliane, als sie in die Hütte zurückkam. »Weil sie uns helfen wollen«, erwiderte Juliane, das Mädchen nahm ihr die Körbe ab. Und als wäre Juliane erst jetzt, nachdem sie aus der Abenddämmerung in die Hütte gekommen war, aufgefallen, dass es hier drinnen schon so finster war, zündete sie die Kerze an. »Das Gewehr ist gar nicht plötzlich losgegangen«,

sagte da der Älteste, hell erleuchtet das Unfassbare im Gesicht.
Eduard flüchtete sich in den Wald.
Der Älteste presste das Gesicht an die Fensterscheibe, die Nase platt gedrückt schaute er hinaus.
Augen starrten Eduard an, aufgerissen.
Als ob aus dem Wald der Vater doch noch auftauchen könnte, der Vater wie immer. Die zwei jüngeren Kinder, die unterdessen beim Verstauen der Spenden geholfen hatten, steuerten nun an der Hand der älteren Schwester das Bett an, erschöpft davon, verstehen zu müssen, was sie nicht verstanden.
»Komm, leg dich zu den anderen«, zupfte die Mutter am Ältesten, der den Kopf schüttelte, weiter das Gesicht gegen die Scheibe drückte. Juliane legte sich zu den anderen Kindern und begann zu singen. Sie konnte noch immer Eduards Waldgeruch riechen.
Die kleinen Brustkörbe hoben und senkten sich. Der vom Jüngsten verrückte Stuhl in der Mitte des Raumes. Der Älteste blies die Kerze aus, blickte aus dem Dunklen ins Dunkle.
Augen starrten Eduard an, aufgerissen. Wie die Sothens.
Dass sie sich nicht so hätte aufregen sollen über ihre Kündigung, warf sich Juliane vor, als hätte ihre Sorge am Unglück einen großen Anteil, als wäre ihre Angst sogar verbrecherisch. Sie drehte den Kopf im Finstern zu den Kindern neben sich. Dass sie ihnen dadurch den Vater und, sie konnte die Tränen nicht unterdrü-

cken, womöglich auch die Mutter genommen hatte. Da löste sich der Älteste vom Fenster und legte sich zu ihr.

Zeitig am Morgen bekamen die Bediensteten der Meierei Trauerkleidung ausgehändigt. »Dürfen wir sie behalten?«, fragte Marie, die Wirtschafterin Elisabeth streifte ihre schon über. Josepha sagte: »Wir sollen aussehen wie Angehörige.« »Ob uns das vom Lohn abgezogen wird?«, fragte Radda. »Die Zeit fürs Begräbnis bestimmt«, sagte Else. Zeisel sagte: »Ich trauere doch gar nicht um den Sothen«, und legte sein Trauergewand auf die Seite. Alle blickten zu ihm.

Fanni wachte in der Früh auf, sie hatte sich am Abend auf ihre Seite zurückgelegt. Seine Seite war glatt gestrichen, es hätte auch soeben von ihm sein können.

Der gestern vom Jüngsten verschobene Stuhl befand sich nach wie vor mitten im Raum. An der Fensterscheibe Nasenabdrücke des Ältesten. Er stand schon auf und ging so am Stuhl vorbei, dass er an der Lehne anstieß und ihn laut verrückte. Die anderen wachten darauf auf. Das Jüngste rief gleich nach dem Vater, die anderen Geschwister nicht mehr. Ihr erster Morgen ohne Vater, der zweite Tag ohne Mann.

Heute war das Begräbnis Sothens. Noch immer kostete es Juliane Mühe, beides zu verknüpfen; sich selbst in diese Reihe einzufügen. Sie würde also nicht am Begräbnis teilnehmen, obwohl es sich gehörte, aber es gehörte sich nichts mehr für sie.

Eduard, der kaum geschlafen hatte, kauerte in der Stille. Wäre Sothen nur nicht in der Kanzlei gesessen. Ihrer beider Leben zerstört – jeder dem anderen der Gehilfe.

Juliane nahm ein Tuch. Sie zögerte einen Augenblick, bevor sie gegen die Scheibe hauchte und über die Abdrücke von der gegen das Glas gepressten Nase mit kreisenden Bewegungen rieb. Als wischte sie damit endgültig die Hoffnung fort.

Fanni starrte an die Wand: Er so weit weg, obwohl nur ein paar Zimmer dazwischen, und die Paschinger mit den Hüttler-Kindern noch immer in der Nähe. Dass der Sarg um drei Uhr geschlossen, das Begräbnis um halb vier beginnen, davor eine Verabschiedung in der Hauskapelle stattfinden würde, sie aber bestimmt lieber hier, abgeschieden, gedenke, teilte ihr der Arzt mit betont ruhiger Stimme mit. Er hoffte, dass sie heute auf ihn hören würde. In der Nacht hatte er über das Ausschwitzen des Herrischen nach dem Bad gegrübelt. Ohne Antwort, aber mit Sorge hatte er in der Früh bemerkt, dass das Gebieterische erneut verschwunden war. Von draußen drang Gelächter herein, ein Zittern bemächtigte sich Fannis. Das Anschwellen der Geräuschkulisse hatte der Arzt den Vormittag über bereits mitverfolgt, und schon vor ihrem Zittern hatte ihn eine Befürchtung befallen gehabt, aber jetzt, als er sich gelassen zu geben versuchte, wusste er, dass etwas am Entgleiten war.

Der Bruder hob immer wieder den Vorhang an und lugte aus dem Fenster. Mehr und mehr Menschen drängten sich vor dem Schloss. Die Pferde der Polizisten schienen nervös. In der Früh hatte sich noch jeder von dem aufgebahrten Sothen verabschieden dürfen. Aber als sich die Anzahl der Schaulustigen bis zum späten Vormittag bereits verdreifacht hatte, gab der Bruder die Anweisung, nur noch Ausgewählten den Zutritt zu gestatten. Das Herbeiströmen der Menschen spannte ihn an, so wie die Pferde der Polizisten.

»Kommen die alle, um die Else in Schwarz zu sehen?«, stand Radda im Eingang von der Wirtschaftsküche und hob seine Hand an die Stirn. »Die Leut sind sogar zu Fuß hinauf, weil die Stellwagen nicht oft genug fahren,« ging diese nicht auf Radda ein. »In den Bäumen sitzen auch welche«, sagte Josepha. »Entgehen lassen wollen sie sich so ein Begräbnis nicht«, sagte Marie. »Den Sothen wollen sie endlich unter der Erd sehen«, sagte Josepha. Zeisel saß auf einem Baumstamm vor dem Haus. Er war als Einziger nicht in Schwarz.

Auf dem Vorplatz zu dem Schloss mussten mittlerweile die Polizisten die Straße freihalten, damit die Wagen der Trauergäste durchkommen konnten.

Auch sie wollten hingehen, sagten die Kinder, die bemerkten, wie viele Menschen sich zum Schloss begaben, doch Juliane schüttelte entschieden den Kopf. Die Kinder sahen es nicht ein. Der Vater wäre sicher mit ihnen hingegangen, sagte das Mädchen, aber während es dies sagte, tat ihr etwas leid daran, obwohl sie nicht genau wusste, was.

Die Stille, dachte Eduard in der Zelle, die Stille nach einem Schuss.

Berta machte sich für das Begräbnis fertig. Auf dem Weg zum Aufbahrungsraum schaute sie stirnrunzelnd auf den dicht gefüllten Vorplatz des Schlosses. Die Schleifen, die entlang der Einfahrt in regelmäßigen Abständen angebracht waren, flatterten in der leichten Sommerbrise und die Menschen hatten heitere Gesichter. Eine Gruppe hatte sich ins Gras gesetzt. Von der Himmelstraße sah sie Verstärkung für die bereits anwesenden Polizisten anrücken.

Kurz vor drei Uhr öffnete sich die Tür von Fannis Zimmer. Der Bruder machte den Arzt dafür verantwortlich, der machtlos gewesen war: Sie hatte darauf bestanden, am Begräbnis teilzunehmen. Ihr neues Kleid hatte sie übergezogen, die Spitze der Trauer.

Als sie erneut den Gang ihres eigenen Hauses im Lehnstuhl entlanggetragen wurde, seinem zusammengeflickten Leib entgegen, den Bruder zu ihrer Rechten, den Arzt etwas versetzt weiter hinten zu ihrer Linken, von draußen Lärm und Wiehern, stellte sie sich Hüttler vor: Kurz bevor er gehängt wurde.

Diese Stille, dachte Eduard.

Fanni stieg erst im Aufbahrungsraum vom Lehnstuhl. Es herrschte eine Anspannung, nicht nur die der Trauer. Fanni machte ein paar Schritte, blieb stehen, schluchzte leise in ihr Taschentuch. Sie trug keinen

Schleier und Berta empfand dadurch ihren Schleier, der für das eine Mal einfach nur ein Schleier gewesen wäre, als enttarnt. Sie entkam ihrer Entstellung nicht einmal bei einem Begräbnis, dachte sie. Fanni ging jetzt vor zum Sarg, der Schritt rasch, das Taschentuch gegen den Mund gedrückt. Sie ging an Brunner vorbei, der sich heute eingefunden hatte, beachtete den Mann ihrer verstorbenen Schwester genauso wenig wie schon gestern den Major, der daneben saß. Fanni war am Kopfende des Sarges angekommen. Die Sargträger der *Entreprise des Pompes Funèbres* machten sich bereit. Der Sarg würde jetzt geschlossen werden. Und plötzlich, als hätte die Nähe des Todes Fanni leicht gemacht, warf sie sich auf den noch offenen Sarg. Der Bruder, blitzschnell, konnte es gerade noch abfangen. Ein unterdrückter Aufschrei ging durch die Reihen. Der Arzt eilte ebenfalls herbei, aber Fanni wehrte beide ab. Sie schrie: »Es ist schrecklich, wegen so eines Menschen so umkommen zu müssen!«, berührte dieses Mal Sothen. Nie mehr würden sie sich berühren.

Erst mit Hilfe Brunners und des Arztes konnte der Bruder Fanni schließlich vom Sarg lösen. Die Anwesenden blickten betreten zu Boden. Der Bruder griff Fanni fest am Arm, wollte sie hinausführen. »Schrecklich, schrecklich – wegen so eines Menschen so umkommen zu müssen!«, wiederholte sie schreiend: »Furchtbar, grausam!« Ihre Stimme überschlug sich beinahe, und sie versuchte die Hand des Bruders abzuschütteln, um zurück zum Sarg zu laufen. Der Bruder zwang sie aber mitzukommen. »Wegen so eines Menschen!«, hörte man vom Gang, während der Sarg geschlossen wurde.

»Die Baronin tut's nicht ertragen«, sagte Elisabeth. »Weint und schreit«, stieß Marie einen Seufzer aus. »Die Leut schlecht behandeln hat sie aber gut ausgehalten«, entgegnete Radda. »Und als der Paschinger das Kind im Leib gestorben ist, hat sie bloß gesagt, hat eh genug gesunde«, nickte Josepha. »Sie ist jetzt allein«, sagte Else zufrieden. »Allein mit ihren Millionen«, sagte Zeisel auf dem Baumstamm, noch immer nicht in Schwarz.

Menschentrauben bildeten sich nun ebenso bei der Meierei, und der Zuzug von der Himmelstraße riss nicht ab.

Je mehr Leute auch an der Rohrerwiese vorbeikamen, desto neugieriger wurden die Kinder. Das Mädchen schlug vor, nur kurz schauen zu gehen. »Ich bleib da«, sagte der Älteste.

Fanni war wieder auf ihre Gemächer gebracht worden. Auch wenn sie noch dachte, sie würde am Begräbnis teilnehmen, wussten der Bruder und der Arzt, dass dies nicht der Fall sein würde. Die Dosis für das Opium wurde erhöht.

»Wo sind die anderen?«, kam Juliane heraus, blickte sich aufgeschreckt um. »Sie ist schon den Jüngeren nach«, sagte der Älteste. »Ihr hättet besser aufpassen sollen!«, herrschte ihn Juliane an. »Sie müssen sofort zurück! Hilf mir suchen!«, sagte sie, warf sich ein

Tuch über den Kopf und schritt schon Richtung Cobenzl.

»Ist das nicht die Geliebte des Mörders?«, fragte ein junger Polizist nervös den älteren neben sich. »Sie ist nicht zu dulden hier«, nickte der andere, bewegte sich nicht, dachte: »Warum habe ich sie nicht bemerkt.« »Dort braut sich schon was zusammen«, der Jüngere furchtsam. »Na, geh schon! Zurück in ihre Hütte soll sie!«, befahl der ältere Polizist, rief ihm noch nach: »Pfeif halt, wenn du Verstärkung für ein Weib brauchst!«

Juliane zog das Tuch tiefer in die Stirn. »Das ist doch«, stieß man sich gegenseitig an, zeigte auf Juliane. Sie spürte, wie ihr von verschiedenen Seiten auf die Schulter geklopft wurde. »Wo sind die Kinder nur hin?«, dachte sie, reagierte nicht auf den Zuspruch. »Dein Vater hat sich gewehrt!«, sagte man zum Ältesten, Juliane ging schnell weiter, zog den Buben an der Hand nach. »Dort vorne!«, entdeckte er seine Geschwister. Als die Mutter auf sie traf, umringten sie immer mehr Personen. Juliane wollte den Rückweg antreten. Plötzlich tauchte der Polizist auf, trat auf sie zu, bemühte sich, seine Stimme einschüchternd klingen zu lassen. »Anstand!«, spottete schon die Menge. »Verbietet Anwesenheit!«, lachte sie laut. Da griff der Polizist nach dem Schwächsten, dem jüngsten Kind. Jetzt stellte sich Juliane ihm entgegen: »Greifen Sie meine Kinder nicht an!« Hinter ihr rückten Männer auf, die Ärmel hatten sie wegen der Hitze hochgekrempelt, ihre Muskeln waren jederzeit bereit. »Kein Grund zur Aufregung!«, wiegelte der Polizist hektisch ab, »Kommen Sie mir nur nach.« »Nirgends muss sie hingehen!«, rief einer der Männer. »Lediglich weg vom Schloss«, sagte der Polizist zu Juliane, Schweißperlen an den Schläfen. »Ist gut«, erwiderte Juliane leise, wollte gehen. »Die Paschinger ist ein freier Mensch«, stellte sich aber einer direkt vor den Polizisten. »Ich hol Verstärkung«, sagte der Polizist. »Vor euch fürcht ich mich nicht«, sagte der Mann unbeeindruckt. Darauf pfiff der Polizist mit seinen Fingern. »Wir gehen zurück«, sagte Juliane bestimmt, die Kinder drängten sich an sie. »Platz da!«, ertönte die Stimme des älteren Polizisten bereits, er schwang seinen Knüppel, schlug wahllos in die Menge. »Was ist? Los, los!« Der Pulk Menschen öffnete sich widerstrebend, unter Pfiffen und Gejohle wurde Juliane mit den Kindern weggeführt.

Die Pfiffe drangen in die Hauskapelle, in der die erste Einsegnung stattfand. Der Priester tat so, als wären die Pfiffe Bestandteil des Gebetes. Die Geistlichen von Grinzing, Sievering und Heiligenstadt, die sich mit eingefunden hatten, blickten sich verstohlen an, beteten unaufmerksam mit. Berta dachte jetzt, dass sie womöglich froh um den Schleier sein werde. Der Major dachte: »Kontrolle, ich habe es schon immer gesagt.« Brunner dachte immer nur das Eine: »Jetzt ist auch er tot«, als ob das seine Frau lebendiger machen würde. Der Bruder dachte: »Wie sollen wir es bloß zum Himmel schaffen.«

Juliane wurde mit ihren Kindern zurückgeleitet. Vor der Hütte saßen Menschen, die sich sofort erhoben und ihnen volle Körbe entgegenstreckten. Die Kinder sahen mit großen Augen die Körbe an: so viel Essen. Juliane dankte den Unbekannten, ihre Wangen rot. Dann ging sie mit ihren Kindern und vollbeladen in die Hütte, schob den Riegel vor.

»Schaut, Geld!«, rief da das Mädchen. »Geld, Geld!«, wiederholte der Vierjährige. Juliane blickte auf das Geld im Korb. »Und ein Taschentuch mit Spitze!«, rief das Mädchen. Juliane starrte auf die Initialen.

In die Schlosseinfahrt bog der sechsspännige Galaleichenwagen ein, die Rappen schnaubten, die schwarzen Federn ihrer Kronen wippten. Die Menschenmenge wurde still. In der feierlichen Stille aber ein Gedanke laut: Im Gläsernen hätte jeder von ihnen Platz, doch den Anspruch hatte keiner von ihnen. Das Zerbrechliche war nur für eine Sorte Mensch.

Als die Sorte Sothen in den Wagen geschoben wurde, fiel ein Erdklumpen gegen das Glas. Ein unerhörtes Geräusch.

Fanni streckte ihre Hand zur leeren Seite neben sich aus. »Leg dich zu mir«, sagte sie und lächelte. Knüppel gingen wieder auf die Menge nieder. Der Bruder hielt einen Moment den Atem an, bevor er auf den Kiesweg hinaustrat. Polizisten sicherten den Weg. Der Kanzler des päpstlichen Botschafters, Herr Leonhard, war als Zweiter in eine Kutsche gestiegen, die versammelte Geistlichkeit folgte schnell. Brunner stieg zum Major in die Kutsche, der murmelte: »Die Arbeiter, ich habe schon immer gewarnt.« Der Galawagen war mit den Kränzen geschmückt worden, die Freiherrnkrone und Orden waren auf roten Samtkissen gebettet, gehalten von Trägern in schwarzen Livreen. Das gesamte Haus- und Gutspersonal ebenso in Schwarz gekleidet, Else hatte Zeisel überredet. Das Gesinde würde zu Fuß folgen, Berta bei ihnen. Der Galaleichenwagen fuhr an.

»Schön, dass du jetzt bleibst«, sagte Fanni.

Die Menschenmasse kam in Bewegung. Man ging neben dem Leichenzug her. Berta sah Gruppen lachend die angebrachten Schleifen berühren, das tiefe Schwarz glänzend im Sonnenlicht. »Morgen ist die Testamentseröffnung«, flüsterte Herr Leonhard in der Kutsche dem Priester zu. Eine Ordensschwester, die gegenüber saß, tat so, als hätte sie nichts gehört. Der Bruder blickte aus seiner Kutsche: Zu beiden Seiten der Straße standen sie in den blühenden Wiesen, saßen, lagen. Sogar in den Bäumen hockten sie.

Erst der halbe Weg zum Himmel war zurückgelegt, da kam der Zug ins Stocken, der Bruder hatte es befürchtet. Die Masse der Menschen war zu groß, selbst die Polizisten konnten den Weg nicht mehr freihalten. Der Zug blieb schließlich gänzlich stecken. Der Sarg wurde vom Wagen gehoben. Herr Leonhard überlegte sitzen zu bleiben, die Aussicht auf die noch bevorstehende Testamentseröffnung ließ ihn dann doch aussteigen.

Es ging auch zu Fuß nur schleppend voran, der Weg

immer wieder blockiert. Dabei wurde der Sarg vom Trauerzug schließlich getrennt. Fast verloren die angerempelten Sargträger noch den Halt. Ein Erdklumpen flog wieder, nun gegen das Metall. In den Gesichtern der Zuschauer lag der Schweiß. Auch Berta spürte Tropfen langsam den Hals in den Kragen hinunterrinnen. Der Schweiß der an der Seite Stehenden war aber schon lange vorher ausgebrochen. Und zu diesem Begräbnis mitgebracht worden. Den Schweiß vor dem Begräbnis nicht abgewaschen zu haben hatte die Erdklumpen bereits angekündigt.

Diese Stille. Diese Stille nach einem Schuss. Eduard tauchte die Hände in den Eimer Wasser. Das war die einzige Möglichkeit, ihr zu entkommen.

»Ein Ermordeter wird begraben!«, erschallte die Stimme eines Polizisten. Als Antwort darauf flog ein weiterer Klumpen. Die Trauergäste, die aufschließen konnten, folgten mit unbewegter Miene dem Sarg.

»Die gehört auch zum Sothen!«, pöbelte eine Frau Berta von der Seite an. Die Frau wurde aber am Ärmel zurückgezogen: »Lass doch, die ist selber arm!«

Etappenweise näherte man sich der Kapelle. Erneut versperrten Menschen gänzlich den Weg. Der Sarg wurde jetzt einen Waldweg hinaufgetragen. Die Menschen blieben zurück. Ausgerechnet in Eduards Wald war der Sarg geschützter.

Eduard tauchte die Hände in den Eimer.

Der Begräbniszug schlängelte sich den Waldweg entlang. Else blickte zurück, da: Trübwasser! Ihre

Blicke kreuzten sich, dann wurde sie vorwärts geschubst. Zwischen den Bäumen tauchte endlich die Elisabeth-Kapelle auf. Die Trauergruppe drängte in das Innere der Kapelle, das aber nur wenige fassen konnte. Der Bruder und Herr Leonhard hätten sich auch in die Gruft gelegt. Berta stand auf der Treppe davor. Die aufschließende Menge im Rücken. Sothen war sicher. Der Priester begann mit der Einsegnung. »Leuteschinder!« Der Sarg wurde an Seilen in die Gruft hinuntergelassen. Amen und Hurra.

Juliane war im Holzhaus, schaute auf den Blechkreisel, den der Vierjährige zu drehen versuchte. Jemand hatte dieses teure Spielzeug für die Kinder hinterlegt. Immer wieder fiel der Kreisel scheppernd zu Boden, bis er sich endlich drehte. Das vibrierende Geräusch erfüllte die Hütte, Juliane glaubte Eduards Zustand zu hören.

Eduard tauchte den Kopf in den Eimer.

Berta war die Erste, die sich umdrehte, um zu gehen. Einen Moment stand sie vor den versammelten Menschen, plötzlich war es still geworden. Sie machte einen Schritt Richtung geschlossener Reihe. Die Menschen strebten auf die Seite, öffneten einen Korridor für Berta. Berta ging an den Menschen mit gesenktem Kopf vorbei. Das Gesinde folgte ihr. Und in umgekehrter Reihenfolge jetzt Brunner, der Major, nach den Geistlichen Herr Leonhard und dann am Schluss schnell der Bruder. Hinter ihm schlossen sich wieder die Menschenreihen. Man rückte zur Kapelle auf. Und als hätte es ein vereinbartes Zeichen gegeben, brach ein Tumult los.

»Meine Kinder«, dachte Eduard, das Wasser tropfte von seinem Kopf, »ich habe meine Kinder verloren.« Mehr hätte Sothen nicht erreichen können. Der Kreisel drehte sich.

Zurück im Schloss wurde immer wieder ängstlich aus dem Fenster gelugt. Dem Arzt, dem man insgeheim vorwarf, dass er bei Fanni hatte bleiben dürfen, wurden die Ungeheuerlichkeiten geschildert. »Geld hat noch immer geholfen«, murmelte der Arzt, der Bruder blickte ihn verständnislos an. »Eine Spende«, sagte der Arzt. Respekt könne man bei solchen nur erzwingen, schüttelte Herr Leonhard unterdessen den Kopf. Dem Pöbel sei alles zuzutrauen, kam es aus der Ecke vom Major. »Am Ende möchte der Pöbel noch regieren«, sagte der Priester, sichtlich mitgenommen. »Ohne uns wären diese Leute doch verloren«, sagte der Bruder aufgebracht, dann drehte er sich zum Arzt: »Was haben Sie gesagt?« »Na, eine Spende für die Hüttler-Kinder.«

Eduard saß auf dem Boden der Zelle, den Eimer auf die Seite geschoben. Sothen musste inzwischen begraben worden sein, dachte er, wäre es nur so mit der Stille, mit der Pein.

»Sothen-Lose, für nur einen Kreuzer«, verkauften draußen Lotteriefrauen: »Seine Lebensdaten der Hauptgewinn!« Und Menschen, mit »Sothen-Brezeln« in der Hand, warfen eine Münze in den Hut eines Blinden, der mit seiner Ziehharmonika stand und sang: »*Der Sothen, der Sothen, vergötterte die Banknoten – der liebe Gott geht nicht bankrott – dem armen Hüttler das Schafott*« und bald stimmten alle ein. In der Gastwirtschaft Am Himmel wurden unterdessen Tische und Bänke auf die Seite und ein Hocker ans Klavier geschoben. Man hob das Glas. »Auf den Leuteschinder!«, und ein Walzer erklang.

Brunner war auf dem Heimweg, seine Frau hatte Sothen immer bewundert. Berta saß in ihrer Kammer. Sie hatte heute noch nicht die Tauben gefüttert; sie blieb sitzen, fuhr das Silberkettchen entlang.

Bei der Kapelle schmierte jemand mit einem Stück Kohle etwas auf die Außenwand. Am Türstock der Kanzlei in der Meierei noch immer die schwarzen Reste des Einschusses. In der Holzhütte aßen die Kinder wie sonst nicht einmal an Festtagen.

Aus den Augen verloren: »Vielleicht in der Gaststätte«, dachte Else. Als sie dort Trübwasser tatsächlich an die Wand gelehnt erblickte, zögerte sie einen Augenblick. Er entdeckte sie aber, winkte herüber und sie ging auf ihn zu. »Du«, sagte sie als Erstes, »vermisst haben wir dich in der Meierei.« »Dass der Sothen keine Ruh hat geben können«, schüttelte Trübwasser den Kopf, »schlimm fürn Hüttler!« Einen Moment sagte keiner von beiden was. »Tanzen wir?«, fragte Else da in die Walzermusik, dachte gleichzeitig: »Ich darf doch nicht an einem Tag –« »Riskier es nicht«, sagte Trübwasser, aber Else zog ihn einfach mit. »Sollen sie mich doch erkennen«, dachte sie dabei leichtfertig auf der dichtgedrängten Tanzfläche, legte den Kopf in den Nacken und lachte. Trübwasser sah auf ihren zurückgestreckten Hals, sah die Schweißperlen auf der gebräunten Haut – und bremste ab: »Besser nicht«, sagte er, führte sie an all den fiebrigen Paaren vorbei auf die Seite. Else blickte ihn an, der Walzer spielte, Trübwasser wollte noch etwas sagen, aber da griff Else schon unter ihre Röcke und rannte aus dem Himmel. Trübwasser in ihren Augen.

Fanni murmelte im Bett plötzlich: »In der Meierei fehlen Eier, gehst du rüber? Ich wett, das war die Paschinger«, während der Bruder einen Stock darunter in Fannis Namen den Auftrag gab, zweitausend Gulden zugunsten der unschuldigen Hüttler-Kinder zu deponieren.

Berta griff zurück und öffnete den Verschluss des Silberkettchens. Für einen Augenblick in ihrem Leben war sie besonders gewesen.

Juliane streckte ihren Arm über die schlafenden Kinder aus. Eduard wollte nach Julianes Hand greifen. Aber da war nur ein Eimer schmutziges Wasser.

Agnesbründl

Ich bitt, hoher Gerichtshof, des Meuchelmordes bekenn ich mich nicht schuldig.«

»Ich frage Sie noch einmal, ob Sie sich schuldig bekennen, auf Baron Sothen zwei Schüsse abgefeuert zu haben, in der Absicht, ihn zu töten?«

»Getan hab ich das, aber den Baron hab ich nicht töten wollen. Ich bin so sehr in Verwirrung gewesen, dass ich genau nicht gewusst hab, was ich tu.«

Das Haupttor war bereits zwei Stunden vor Beginn der Verhandlung geöffnet worden, aus Vorsicht nur zur Hälfte. Die Leute drängten hinein, es kam zu Rempeleien um den besseren Platz. Manche warteten vor dem Gerichtsgebäude, hofften noch auf eine Eintrittskarte, obwohl die Karten bereits vor Tagen vergriffen waren. Eine halbe Stunde vor der Eröffnung war der Zustrom noch immer nicht abgerissen, letzte Plätze in Parkett und Galerie, der Saal nun brechend voll. Berta blickte sich um: Sie, die ihr Gesicht bedeckt hielt, sah aufgedunsene, abgehärmte, gerötete, fleckige, sonnengegerbte Gesichter; Gesichter, die nichts versprachen außer Kummer und Neugier, und Mitgefühl; Gesichter vor allem von Frauen. Von Frauen, die sich am Agnesbründl die Augen benetzten, um die richtigen Lottozahlen zu erkennen. »Der kann doch keine strenge Strafe kriegen«, glaubten sie und ihre Köpfe drehten sich, um zu sehen, wo die Baronin saß, angeblich wollte sie kommen.

Fanni stand am offenen Fenster und blickte in den Schlosspark. »Heute wird die Todesstrafe verhängt werden«, dachte sie, sog die Juliluft ein.

»Beim Begräbnis waren's noch mehr Geistliche«, zeigte Else auf den einen Priester, der zwischen Fannis Bruder und dem Major saß. »Jetzt, wo klar ist, dass der Sothen alles ihr und nichts der Kirche vermacht hat, haben sie plötzlich was zu tun«, flüsterte Josepha zurück. »Nun können sie ihrem Gott danken«, meinte Else. Brunner betrat den Gerichtssaal. Er hätte sich gar nicht übermäßig Zeit lassen müssen, dachte er, der Andrang war so groß gewesen, dass der Platz neben Fannis Bruder schon längst besetzt war.

Fanni weiter am Fenster: Dass der Verwalter noch immer nicht herausgefunden hatte, wer am Begräbnistag die Trauerkleidung nicht hatte überstreifen wollen, wer sogar Walzer getanzt hatte. »Dieses Gesinde«, dachte sie. Und als hätte der Ärger ein zweites Gesicht, sah sie plötzlich im Schlosspark verteilt Tierkadaver – lichterloh brannten sie. Fanni machte einen Schritt zurück, erblickte die Zeiger der Standuhr: halb zehn.

Um halb zehn wurde die Verhandlung eröffnet. Die Gerichtsberichterstatter griffen zum Stift. Die Vetreter des Gerichtshofes traten ein, und ein Amtsdiener brachte Eduards Gewehr und Jagdtasche in den Schwurgerichtssaal, was ein aufgeregtes Flüstern auslöste. Selbst Josepha und Else zeigten Richtung Gegenstände.

Dann wurde Eduard von einem Polizisten hereingeführt. Berta erschrak, wie blass er aussah. Das Gemurmel steigerte sich, Menschen reckten ihre Hälse, manche erhoben sich von ihren Bänken, sodass Ordnungsrufe erfolgen mussten. Eduard stand in seiner Jägertracht da, bestrickend sah der breitschultrige Mann darin aus, aber das Grün wirkte im Saal abwegig. Alle starrten ihn an, er wollte in den Wald. Sein Verteidiger Dr. Schneeberger versuchte zuversichtlich zu wirken. Der Staatsanwalt Graf Lamezan, der die Anklage vertrat, hatte etwas gut Gelauntes an sich. Der den Vorsitz der Verhandlung führende Richter strich sich mehrmals über sein Haar, während nach dem Platznehmen der Geschworenen die Zeugen aufgerufen wurden. Eduard hielt seinen Kopf gesenkt, anfangs auch, als Juliane an der Reihe war. Juliane blickte zu ihm – Wie lange hatte sie ihn nicht gesehen! »Eduard, schau mich doch an«, und er hob seinen Kopf. In den Augen der Ausdruck von solcher Beladenheit, dass Juliane zu ihm hinlaufen wollte, seine Hand nehmen, stattdessen konnte sie nur dastehen, in einem Gerichtssaal. Das Verlorene befiel Juliane, sie hielt sich ein Tuch vor die Augen, Eduard senkte erneut den Kopf. »Ein Gerippe ist sie«, tuschelten die Anwesenden. Marie und Elisabeth standen mit geradem Blick neben Juliane, ein paar Zeugen weiter Radda und Zeisel, dann Trübwasser, der versuchte, einen Blick von Else in den Reihen zu erhaschen, aber sie wandte nicht den Kopf. Als Juliane wie die anderen Zeugen den Saal wieder verlassen musste, blickte ihr Eduard hinterher, kurz schien es, als streckte er seinen Arm nach ihr aus, sein Mund öffnete sich leicht, Juliane sah, wie der Verteidiger ihn streng anblickte, sie ging also ohne sich umzudrehen, begegnete dabei dem gleichgültigen Blick des Richters, vor ein paar Wochen hatte er ihre Bitte um einen ihr empfohlenen Verteidiger, den sie von den Spenden hätte bezahlen können, abgeschmettert, gesagt hatte er: »Sie befinden sich in einem Irrtum, wenn Sie meinen, als Geliebte einen Verteidiger bestellen oder über das Geld, das durch Ihre Wohltäter gespendet worden ist, nach freiem Ermessen verfügen zu können; dieses Geld bleibt Ihren Kindern gewahrt.«

Juliane verschwand im Nebenraum, erst wieder zur Vernehmung würde sie erscheinen. Und als könne Eduard dies einfach aushalten, wurde zum nächsten Verhandlungspunkt übergegangen und die Anklageschrift wurde verlesen. »Allein die Umstände der Tat machen es deutlich, dass Hüttler, in genauer Kenntnis der Wirkungen seiner Waffe, nur den auch wirklich eingetretenen Erfolg beabsichtigt hat.« Wie sollte er das alles zusammen aushalten, dachte Eduard, wie sich selbst aushalten. »Als Motiv dieser Tat erscheint die Absicht, sich für die angeblich jahrelang erlittene Unbill zu rächen; eine weitere Erörterung dieser Seite der Sache erscheint jedoch hier und derzeit durch nichts geboten.« Ein Raunen ging durch den Saal. »Der Angriff Hüttlers gegen Sothen stellt sich, da er plötzlich und unvorhergesehen in solcher Weise und mit einer

Waffe, gegen die sich der Getötete in keiner Art schützen konnte, stattfand, als meuchelnder dar.«

Darauf begann das Verhör.

Fanni inzwischen in der Hauskapelle, am Beten.

Nachdem Eduard die erste Frage, »schuldig« und »Meuchelmord« gehört hatte, wurde ihm einen Moment schwarz vor Augen, er bemühte sich trotzdem dem Richter verständlich zu antworten, so wie es ihm der Verteidiger eingetrichtert hatte: »Antworten Sie, dass man Sie gut versteht, Hüttler! Am Gerichtshof hält man die Ungeschliffenheit der Zunge für die Gewalttätigkeit der Hand.«

»Getan hab ich das, aber den Baron hab ich nicht töten wollen. Ich bin so sehr in Verwirrung gewesen, dass ich genau nicht gewusst hab, was ich tu«, erwiderte also Eduard auch beim zweiten Mal deutlich.

Der Richter ließ das im Raum stehen, erweiterte den Radius der Fragen, indem er wissen wollte: »Haben Sie in Ihren früheren Diensten höhere Bezüge gehabt?«

»Höhere Bezüge nicht, aber andere Zubußen.«

»Seit wann kennen Sie Ihre Geliebte Juliane Paschinger?«

»Das ist ein Verhältnis noch von Dürnberg her.«

»Warum haben Sie sie nicht geehelicht?«

»Dazu hab ich nie so viel Geld beisammengehabt und hab immer gedacht, es wird mir ein Mal schon so gehen, dass ich sie heiraten kann.«

Als der Richter dann fragte, warum er denn überhaupt das uneheliche Verhältnis mit der Dienstmagd

Juliane Paschinger hatte fortführen wollen, kam wieder Unruhe im Saal auf.»»Ich hab doch die Kinder mit ihr gehabt!«, antwortete Eduard in das Gemurmel, und die Leute nickten eifrig.
»Was war Ihre Beschäftigung bei Herrn Sothen?«
»Die Aufsicht über den Forst.«
»Gewöhnlich bewaffnet?«
»Ja.«
»War das Gewehr üblicherweise geladen?«
»Ja.«
»Haben Sie öfters von der Waffe Gebrauch gemacht?«
»Ja, ich hab damit Wild erlegt.«
»Es wird behauptet, dass Sie einigermaßen dem Trunke ergeben seien.«
»Ich hab nicht getrunken, außer wenn Bekannte gezahlt haben; wenn man kaum so viel hat, dass man leben kann, hat mein kein Geld, um zu trinken.«
»Wer war Ihr unmittelbarer Vorgesetzter?«
»Baron Sothen.«
»War der Baron mit Ihnen zufrieden?«
»In der ersten Zeit ja, aber in der letzten Zeit war ihm nichts recht; er hat mir immer Vorwürfe gemacht; wie das gekommen ist, weiß ich nicht.«
»Sie sollen den Forst schlecht bewacht haben?«
»Nicht wahr ist's. Er hat mich immer gefragt, warum ich nicht die Leut aufhalt, die im Wald Holz sammeln. Ich hab die aber immer aufgehalten, die Leut haben mir aber einen Zettel vom Kaiser oder Stift Klosterneuburg vorgezeigt, dass sie das Recht erhalten haben,

Holz zu sammeln, und der Stiftswald etwa stößt an den des Barons Sothen, und die Leut konnten auf keinem anderen Weg nach Hause als durch seinen Wald.«

»Es ist Ihnen kein Grund der Unzufriedenheit bekannt?«

»Meine Kinder haben ihn am meisten geniert; er hat gesagt, ich soll meine Kinder weggeben.« In den Publikumsreihen wurden heftig die Köpfe geschüttelt, vereinzelte Rufe wurden laut, der Richter forderte Beherrschung.

»Wurde Ihnen der Dienst schon davor gekündigt?«

»Ja, im späten Winter.«

»Wie kann es sein, dass Sie doch im Dienst blieben?«

»Ich hab den Baron Sothen gebeten, mich nicht zu entlassen. Die Kinder hatten nichts anzuziehen und es war ja kalt draußen und er hat mich noch behalten.«

»Wann hat Baron Sothen Ihnen zuletzt gekündigt?«

»Am 7. Juni. Er hat einen Zettel geschickt, in dem er sich über die Holzarbeiten im Walde beklagte, uns beide kündigte. Da, drei Tage später, hat er mir gesagt, er hält mich nicht mehr länger. Ich hab ihn gebeten, er möcht mich behalten; er hat sich nicht erweichen lassen. Ich bin ganz desperat geworden. In meiner Verzweiflung bin ich hinübergegangen in die Wildgrube und hab drei Glaserln getrunken. Ich wusste nicht, was ich tun sollte, so sehr war ich verzweifelt.«

»Wie konnten Sie wegen einer Kündigung, auf die jeder Diener gefasst sein muss, so verzweifelt sein?«

»Wenn man gar nichts hat und nicht weiß, wo man hin soll, so muss man ganz verzweifeln.« Die Leute nickten.

»Wenn der Mensch arbeitsfähig ist, so begreife ich das nicht. Das ereignet sich ja häufig, dass Leute aus dem Dienste entlassen werden und sich dann einen anderen Platz suchen müssen. Wenn man krank oder gebrechlich ist, ist das etwas anderes, aber Sie haben die körperliche Fähigkeit, Ihrer Arbeit nachzukommen, und sollen auch sonst Ihr Fach verstehen.«

»Ich war an dem Tag ganz verzweifelt.«

»Was genau geschah am 10. Juni?«

»Ich bin durch die Meierei –«

»Was hatten Sie dort zu suchen?«, unterbrach der Richter.

»Ich bin durchgegangen.«

»Mussten Sie durchgehen?«

»Ja.«

»Um nach Hause zu kommen?«

»Ja.«

»Warum sind Sie dann nicht nach Hause gegangen?«, fragte der Richter.

»Ich bin durch die Meierei durchgegangen; wie ich bei der Kanzlei vorbeikomme, hat der Baron die Tür aufgerissen –«

»Mussten Sie auch bei der Kanzlei vorbeigehen?«

»Ja.«

»War Sothen um diese Zeit gewöhnlich in der Kanzlei?«

»Nein, ich hab nicht einmal gewusst, dass der Baron in der Kanzlei ist.«

»Haben Sie hineingeschaut?«

»Ich bin durchgegangen; wie ich bei der Tür vorbeikomme, wird sie aufgerissen. Der Baron hat etwas herausgerufen, ich weiß nicht was, ich bin in Verwirrung gekommen, und da hat das Malheur angefangen.«

»Welches Malheur?«

»Na, dass ich«, Eduards Stimme zitterte, »geschossen hab. Ich kann mich aber daran nicht erinnern.«

»Wieso können Sie sich nicht erinnern?«

Eduard kämpfte mit den Tränen: »Ich war so verwirrt, dass ich mich nicht ausgekannt hab.«

»Die Zeugen sagen, dass Sie in die Meierei eingetreten und bei dem Kanzleifenster vorbeigegangen seien, also gesehen haben mussten, dass Baron Sothen in der Kanzlei sitze.«

»Ich hab in die Kanzlei nicht hineingeschaut.«

»Es heißt, dass Sie an der Mauer Aufstellung genommen haben?«

Eduard schwieg.

»Sie sollen in einer Stellung gewesen sein, wie jemand, der auf etwas wartet?«

»Nein, ich bin nicht gestanden, ich bin nur durchgegangen«, sagte er schließlich.

»Nach den Mitteilungen, welche wir durch die Zeugen erhalten, war Ihr Verhalten nicht derart, als ob Sie in einem verwirrten Zustand gewesen wären.«

»Ich war so in der Aufregung, dass ich nicht gewusst hab, was ich tue.«

»Sie sind nach der Tat fort zur Wachstube in Grinzing und haben auf dem Weg einen Hauer getroffen, dem Sie erzählten, dass sie den Baron Sothen erschossen haben.«

»Bitte, ich weiß nicht, was ich gesagt hab.«

»Sie sind auch auf dem Wege zu einem Greißler gegangen und haben gesagt: ›Wenn Leute aus dem Schloss kommen sollten, so sagen Sie nur, ich bin vorausgegangen und stell mich selbst; ich hab den Baron Sothen erschossen.‹ Sie wussten alles, was Sie getan hatten.«

»Ich weiß nichts von dem allen.«

»Auf der Wachstube endlich haben Sie gleichfalls die Mitteilung von dem Geschehenen gemacht.«

»Es ist mir nichts davon bekannt. Ich kann mich an gar nichts erinnern, was an dem Tage vorgegangen ist.«

»Was meinen Sie, welche Wirkung hat es, wenn ein Gewehr mit solcher Ladung und in solcher Entfernung auf den Oberkörper eines Menschen abgeschossen wird? Sie sind ja ein Jäger, der den Gebrauch der Waffe kennt und auch die Wirkung. Was denken Sie darüber?«

Eduard schwieg wieder.

»Was denken Sie darüber?«

Eduard hob den Kopf und sagte langsam: »Dass man damit jemanden schwer verletzen und sogar töten kann.«

»Was hat Sie also zu solcher Handlungsweise veranlasst?«

»Ich hab keine solche Absicht gehabt, ich hab in meinem Leben keine solche Absicht gehabt. Was mir in den Sinn gekommen ist, weiß ich nicht; ich muss von Sinnen gewesen sein.«

»Ein Zeuge hat in der Voruntersuchung gesagt, dass Sie schon einige Zeit früher den Entschluss geäußert hätten, Sie würden den Baron Sothen erschießen und dann sich selbst umbringen.«

»Das werd ich wohl nicht gesagt haben, Herr Richter, so etwas kann niemand behaupten.«

»Haben Sie nicht öfter schon Anstand gehabt wegen Gebrauchs Ihrer Waffe?«

»Ich hab im Auftrage des Barons Sothen bei der Nacht mehrere Schreckschüsse abgefeuert, und da ist einmal ein Schrotkugerl auf den Tischler, der vorübergegangen ist, hingeflogen, und da hat man geglaubt, ich hab auf ihn geschossen.«

»Das liegt nahe.«

»Ich hab ja keinen Grund gehabt, auf ihn zu schießen«, entgegnete Eduard, er fühlte sich mit jeder Frage mehr in einer Falle.

»Es kann überhaupt keinen Grund geben, auf einen Menschen zu schießen«, sagte der Richter, sehr zufrieden mit sich selbst.

Der Verteidiger Dr. Schneeberger griff nun ein: »Die Hütte, in der Sie wohnten, war aus Holz. Waren die Fenster fest?«

»Nein, der Schnee ist hineingegangen in die Wohnung.«

»Haben Sie Ihren Lohn pünktlich erhalten?«

»Den Lohn ja, aber das Schussgeld vom Jahre 1880 hab ich erst im Mai bekommen.«

»Sie waren durch zehn Jahre in Diensten des Barons. Wissen Sie, wie viele Verwalter während dieser Zeit bei dem Baron waren?«

»Genau weiß ich's nicht, viele.«

»Wie viele Jäger hatte er vor Ihnen?«

»Sieben.«

»Ist überhaupt noch irgendeine andere Person während dieser zehn Jahre ohne Unterbrechung in Diensten des Barons gestanden?«

»Ich weiß keinen Fall.« »Wir bald«, seufzte Else, Josepha legte ihren Zeigefinger auf den Mund.

»Erzählen Sie von seinen Forderungen.«

»Er hat regelmäßig verlangt, dass ich noch nach dem Holzschlagen im Wald einen Bericht schreib – aber im Wald hab ich Aufsicht von sieben Uhr früh bis sechs Uhr am Abend gehabt.«

Dr. Schneeberger bat nun, einen Brief des Barons an den Angeklagten vorzulesen, es war dabei ganz still im Saal: »*Ich zahle in dieser Woche 52 Gulden 35 Kreuzer für Holzarbeiten, ohne zu wissen, was gearbeitet worden ist, ohne einen Bericht zu erhalten darüber, was die Leute täglich arbeiten, wie viel Klafter Holz gemacht wurden. Nach meiner Verrechnung müssten circa fünfunddreißig Klafter Holz gemacht worden sein, was aber nicht der Fall zu sein scheint; die Leute werden gewiss in der Früh nicht rechtzeitig gekommen sein. So wirft man das Geld mit vollen Händen zum Fenster hinaus!«* – ein Auflachen in den Zuschauerrängen – *»Wenn man bedenkt, dass täglich fünfzehn Männer gearbeitet haben, dass jeder von ihnen mindestens einen halben Klafter Holz geführt haben muss, so muss ich fragen, wo ist alles? Es ist unmöglich, dass alles da ist, es muss vieles noch draußen sein und die Leute werden es stehlen lassen, und wahrscheinlich gerade das schönste Holz. Haben Sie denn gar keine Einsicht? Finden Sie nicht eine halbe Stunde Zeit, wo Sie in der Kanzlei den von mir befohlenen Bericht schreiben können? Wenn Sie kein Papier haben, so bitten Sie den Verwalter darum. Es ist geradezu zum Verzweifeln, wenn man eine solche Wirtschaft sieht und hört. Wenn doch die Leute einsehen wollen, dass ich nicht gewillt bin, eine Versorgungsanstalt hier oben errichten zu wollen«* – jetzt brach Gelächter aus, »Versorgungsanstalt!«, wurde gespottet, der Richter musste wieder Ruhe einfordern, bevor der Brief zu Ende verlesen werden konnte: *»Zum Teufel, das ist mir doch zu dumm, dass ich nur das Geld hergeben soll, ohne Bericht zu erhalten. So etwas wird sich kein Bauer gefallen lassen.«* Der Richter schaltete sich darauf ein: »Ich finde in dem Briefe nur, dass der Baron ungehalten war, weil er keinen Bericht erhielt, wofür der Taglohn ausbezahlt wurde.« Die Anwesenden quittierten das mit heftigem Kopfschütteln. »Genau«, murmelte der Bruder in der vorderen Reihe.

Der Verteidiger übernahm erneut das Wort: »Sie

haben den Baron Sothen gebeten, dass er Ihnen Zeit lässt, sich einen Dienst zu suchen, was hat er Ihnen gesagt?«

»Dass ich auf ein paar Tage weggehen kann, aber dass mir diese Tage vom Monatslohn abgezogen werden.« Ein Schnauben folgte darauf im Saal, »Leuteschinder!«, rief jemand wie beim Begräbnis.

Der Major und der Priester blickten sich verärgert um. »Ruhe!«, polterte der Richter, »Ruhe!«

Die Leute beherrschten sich, woraufhin die Beweisaufnahme durch das Augenscheinprotokoll und den Obduktionsbefund eingeleitet wurde. Der Sachverständige für medizinische Gutachten fasste die Verwundungen des Barons Sothen als absolut tödlich zusammen, keine ärztliche Hilfe hätte den Tod abwenden können. Darauf folgte die Befragung der Sachverständigen im Schießfache, die erklärten, dass aus solcher Nähe abgefeuert die Wirkung der Ladung immer eine todbringende sei.

Das Verhörprotokoll wurde wiedergegeben, der Oberkommissar sagte aus, Hüttler habe gewirkt wie ein Mensch, der sich vollkommen bewusst gewesen sei, ein schweres Verbrechen begangen zu haben. Daraufhin brach Eduard in Tränen aus. Man blickte sich bedrückt an. »Flennt jetzt, aber schießt, ohne mit der Wimper zu zucken«, dachte der Bruder.

»Ist Ihnen, Herr Oberkommissar, bekannt, wie sich Baron Sothen zu seinen Leuten verhalten hat?«, fragte der Richter weiter.

»Nur vom Hörensagen; es hieß, er habe sie sehr genau gehalten.«

»Haben Sie von ungewöhnlicher Strenge vernommen?«

»Nur von großer Genauigkeit.«

»Große Genauigkeit!«, höhnte man.

Darauf begann die Vernehmung der weiteren Zeugen.

»Die Wirtschafterin Elisabeth Eder!« Sie, die als Erste aufgerufen worden war, kam nach vorn, würdigte Eduard, der sich beruhigt hatte, keines Blickes.

»Für wen tragen Sie Trauer?«

»Für den gottseligen Herrn.«

Else seufzte darauf. Josepha zuckte die Schultern: Es war klar, von ihr war nichts zu erwarten. Elisabeth schilderte unterdessen, wie sie Hüttler an der Mauer des Kanzleigebäudes stehen gesehen, dass er gewankt hätte – wie so oft, fügte sie hinzu – dass sie erst einen Schuss gehört, dann Sothen durch den Hof flüchten gesehen und schließlich einen zweiten Schuss gehört hätte.

Darauf wandte sich der Richter zum Angeklagten: »Sie hören, Sie haben auf Baron Sothen gezielt?«

»Ich kann es mir selbst nicht enträtseln«, sagte Eduard leise.

Der Staatsanwalt fragte nun Elisabeth: »Sie sind schon ein paar Jahre im Schloss. Geht es Ihnen schlecht im Dienste?«

»Ich kann nichts sagen, ich mach meine Arbeit.«

»Sind Sie oft sekkiert worden?«

»Ich bin niemals sekkiert worden.«

»Ist Ihnen von Ihrem Lohne abgerissen worden?«

»Nie.« »Einen Trichter im Kopf«, schüttelte Else ihren. »Einen im Herzen«, murmelte Josepha.

Auf Elisabeth folgte der Wirt von der Wildgrube, der ihr widersprach, indem er aussagte, dass Hüttler nur selten betrunken war. Der Verteidiger wollte von ihm wissen: »Haben Sie ihn oft kreditiert?«

»Ja. Er hat aber jeden Monat seine Schulden bezahlt.«

Marie wurde als nächste Zeugin aufgerufen, sie warf einen schnellen Blick zu Eduard, der nun mit eingezogenen Schultern dastand.

»Haben Sie sich über Ihren Dienst zu beklagen?«, fragte der Staatsanwalt.

»Ich habe mich gar nicht zu beklagen.«

»Sind Sie schlecht behandelt worden?«

»Ich bin nicht schlecht behandelt worden und«, Marie stemmte die Hände in die Hüfte, »ich hätt mich auch nicht schlecht behandeln lassen.« Else seufzte erneut. »Glaubt sie das wirklich von sich?«, fragte Josepha.

»Für wen tragen Sie Trauer?«

»Die Frau Sothen hat uns die Trauerkleider gekauft«, antwortete sie darauf, und die Verpflichtung wirkte plötzlich schwärzer als die Trauer selbst.

Dann kam Spieß, der Verwalter, an die Reihe. »Der kann gleich zwischen der Elisabeth und Marie Platz nehmen«, flüsterte Else Josepha zu. Anständig und gewissenhaft sei Hüttler gewesen, sagte Spieß ruhig. Selbst Eduard hob überrascht den Kopf. Einem wie Hüttler konnte nur gekündigt werden, setzte der Verwalter fort, weil er leider oft mehrere Tage lang nicht dem Rapporte nachgegangen sei, weswegen der Baron, fügte er in sachlichem Ton hinzu, umso größere Wichtigkeit diesem beizumessen schien. Er berichtete außerdem, dass sich seither sieben Jäger um die Stelle Hüttlers beworben hätten, und sagte, als wäre das auch seine Meinung: »Sämtliche haben das ihnen gebotene Gehalt für zu gering befunden.«

Trübwasser folgte nun als Zeuge. Josepha musterte Else kurz von der Seite. Er sei der frühere Kellermeister gewesen, gab Trübwasser zur Antwort, und dass er nicht verstehe, warum Hüttler gekündigt worden sei. Und er sagte mehr zu sich, ob der Millionär Sothen Hüttler auch eine Rechnung von einem Gulden und fünfundsiebzig Kreuzer gestellt habe, worauf bitteres Lachen in den Zuschauerrängen ertönte.

Der Richter wollte lieber erfahren: »Wissen Sie, dass Hüttler stark getrunken hat?«

»Nein.«

»Was wissen Sie sonst über Hüttler?«

»Ich kann nichts gegen ihn sagen«, antwortete Trübwasser – und nach einer kurzen Pause: »Sothen hat ihn, mich und uns alle sekkiert wie überhaupt auch viele andere Menschen.« In den Zuschauerrängen war heftiges Nicken zu sehen. »Endlich sagt jemand die Wahrheit!«, rief eine alte Frau von hinten nach vorn, es wurde geklatscht. »Ruhe!«, forderte der Richter abermals ein. »Sonst lass ich den Saal räumen!«

Trübwasser nahm auf der Zeugenbank Platz.

Radda kam nach ihm an die Reihe. »Gutheit hat Hüttler an den Tag gelegt, seit ich ihn kenn«, sagte er. Und auch gutmütig sei er gewesen, und zufrieden habe er gewirkt, obwohl es nicht einfach für ihn gewesen sei. Und er sah Trübwasser ihm zunicken, aber er brauchte doch einen Trübwasser nicht.

Zeisel, als Nächstes, schmückte den Streifschuss aus. Else rollte mit den Augen.

Es war zwölf Uhr Mittag. Die Sitzung wurde auf kurze Zeit unterbrochen.

Nach der Pause wurde Juliane vorgerufen. Eduards und ihre Augen trafen sich erneut: »Den Kindern geht es gut«, sagten jetzt ihre und seine sagten: »Lass mich nicht allein.«

Ihr, die ebenfalls in Schwarz gekleidet war, ersparte man aber die Frage, für wen. Sie gab ihr Alter an – vierunddreißig. »Früh gealterte Frauenperson«, dachte der Richter, dachte aber nicht wie viele: »Geschuftet bis zum Umfallen.« Juliane umklammerte das Tuch, ihre abgearbeiteten Hände. Rau, rissig, rindengleich. Im Wald war Eduard aufgehoben.

Juliane gab weiter an, dass sie seit – sie verschluckte das Jahr – mit dem Angeklagten lebte. Der Richter musste nachfragen.

»Seit 1868«, wiederholte Juliane kaum verständlicher, hielt sich das Tuch vor die Augen.

»Sie haben mehrere Kinder?«

»Vier am Leben.«

»Warum haben Sie nicht geheiratet?«

»Ja, wir haben uns halt bisher nicht so weit helfen können«, sagte sie leise.

»So wäre es ja besser gewesen, Sie wären auch in den Dienst gegangen und hätten auch was verdient.«

»Ich hab eh auch gedient.«

Der Verteidiger Dr. Schneeberger fragte nun, wie Hüttler sie und die Kinder behandelt habe.

»Er hat mich immer gut behandelt und« – Julianes Mundwinkel begannen heftig zu zucken – »die Kinder wie sein Einziges.«

Der Richter fragte in das Weinen: »Was für einen Dienst haben Sie gehabt?«

Sie wischte sich mit dem Tuch über die Augen: »Ich war bis zum 73er Jahr bei Baronin Sothen bedienstet. Dann hab ich den Dienst nicht mehr leisten können. Ich hab auch auf die Kinder schauen müssen.«

»Schicken Sie die Kinder in die Schule?«

»Wie wir auf der Rohrerwiese gewohnt haben, war es zu weit.«

»Wie viel Geld hat Ihnen denn der Hüttler gegeben?«

»27 bis 28 von den 31 Gulden und 50 Kreuzer.«

»War Hüttler mit dem Dienst zufrieden?«

»Er hat immer gesagt, für seinen Herrn geht er ins Feuer.«

»War der Hüttler gegen den Baron öfter aufgebracht?«

»Kein Gedanke; der Baron aber hat bei ihm über mich und bei mir über ihn geschimpft. Einmal hat er mir vorgeworfen, dass ich gar nicht arbeiten mag, und gemeint, er wird dem Hüttler sagen, dass er mich, statt mich auszuhalten, ordentlich durchprügeln soll.«
»Hat der Hüttler gerne getrunken?«
»Trinken, nu mein Gott, wie so ein Mensch, der viel arbeitet, manchmal etwas trinkt.«
»Wenn jemand leidenschaftlich trinkt, kann er leicht mit seinem Herrn Streit haben.«
»Er hat immer nur nach der Arbeit, bei Nacht, getrunken.«
»Es ist Ihnen eine schriftliche Kündigung zugekommen. Wann war das?«
»Zwei, drei Tage, bevor das geschehen ist.«
»Am 10. Juni wurde Hüttler zum Baron gerufen, was hat er dann erzählt?«
»Er hat gesagt, dass ich mit dem Herrn Baron soll grob geworden sein. Aber dass ich recht gehabt hab, nicht zu unterschreiben.«
»War er nicht entrüstet über die Kündigung?«
»Gar nicht.«
»Was hat er dann getan?«
»Er ist ins Revier gegangen.«
»Mit dem Gewehr?«
»Er ist immer mit dem Gewehr weggegangen. Der Herr Baron hat es so wollen.«
»Hat Hüttler gewöhnlich, wenn er nach Hause gekommen ist, den Schuss herausgenommen?«

»Nein, er hat das Gewehr nur aufgehängt.«
»Wann ist er wieder gekommen?«
»Abends nach sechs Uhr.«
»Hat er Ihnen nichts mitgeteilt?«
»Nichts. Das Nachtmahl soll ich ihm aufwärmen, hat er nur gemeint und ist dann noch mal fort.«
»Und ist nicht mehr gekommen?«
»Nicht mehr.«
»War er sehr aufgeregt, als er fortging?«
»Ich hab gar nichts bemerkt.«
»Angeklagter, haben Sie was dazu zu bemerken?«

Eduard reagierte nicht, hielt seinen Kopf gebeugt wie die ganze bisherige Aussage über. Der Richter wiederholte seine Frage. Eduard fuhr zusammen, hob den Kopf, sah ihn mit glasigen Augen an: »Ich weiß mich auf nichts zu erinnern.«

Da wandte sich Juliane an Eduard, sagte das erste Mal etwas zu ihm: »Du hast gefragt, wie du nach Haus gekommen bist, wer im Revier heut geschossen hat, und hast gesagt, die Umherschießerei ist dem Herrn Baron nicht recht.«

Eduard blickte sie an, er schien weiter in die Ferne zu driften, zurückholen wollte sie ihn.

Der Staatsanwalt wandte sich jetzt an Juliane, er sagte: »Den Dienst bei der Baronin haben Sie ja bleiben lassen« – »Der Staatsanwalt soll sich einmal um vier Kinder kümmern!«, Frauen in den Reihen erbost darauf – »Sind Sie auch im Dienste des Barons Sothen gestanden?«

»Wenn grad was zu tun war, so hab ich um Taglohn gearbeitet«, antwortete Juliane, »Im Winter hab ich 40 und im Sommer 50 Kreuzer bekommen.« Die Leute sahen sich an.

»Auch mich nur benutzt?«, dachte Berta.

»Aber für das Melken der Kühe haben Sie ja auch noch was bekommen.«

»5 Kreuzer Zulag.« »Fünf Kreuzer!«, lachte man laut auf.

»Sie hätten es ja nicht tun müssen«, erwiderte der Staatsanwalt. »Der hat leicht reden!«, regte man sich auf.

Der Staatsanwalt räusperte sich: »Also ich präzisiere: Wenn Sie dabei im Taglohn arbeiteten, so erhielten Sie 40 Kreuzer oder 50 Kreuzer und überdies für das Melken 5 Kreuzer; wenn Sie aber nicht im Taglohn waren, so erhielten Sie bloß 5 Kreuzer.« »Die Paschinger ist also selbst schuld, dass sie so wenig verdient?«, brauste das Publikum auf. »Was weiß ein Graf!«, rief jemand. Und alle lachten gefährlich. Eduard schien wie betäubt.

Der Verteidiger ergriff nun das Wort in die Aufregung hinein, die Leute stießen sich an, zeigten mit dem Kinn nach vorne, legten ihren Zeigefinger an den Mund.

»Wissen Sie mir zu sagen, warum den Baron Sothen immer Ihre Kinder genervt haben?«

»Er hat sich immer über sie geärgert, zu mir hat er einmal gesagt: ›Sie mit Ihren Kindern, gehen Sie mir fort. Schenken Sie sie fort, es ist am besten.‹« Empörung brandete wieder auf. Ein Ordnungsruf erfolgte.

Verteidiger: »Wie hat sich die Baronin gegen Sie benommen?«

»Sehr schlecht. Ich hab immer für ihre Hunde das Hundefutter holen müssen, und einmal hat sie mich beschuldigt: ›Mir scheint, ihr esst das Hundefutter selbst‹, hat sie gesagt.« »Die Baronin Sothen soll auf die Anklagebank!«, rief jemand darauf. »Geldsack!«, eine andere Frau. Nur mit Mühe konnte wieder Ruhe hergestellt werden. Aber als die Leumundszeugnisse verlesen wurden, die Hüttlers Anständigkeit hervorhoben, war es ganz still.

Darauf erfolgte eine einstündige Pause. Der Staatsanwalt war schlecht gelaunt.

Um halb fünf wurde das Beweisverfahren schließlich geschlossen. Staatsanwalt Graf Lamezan erhielt darauf zuerst das Schlusswort:

»Die Erregung ist begreiflich, weil sich hier das Ungewöhnliche und Unerhörte zugetragen hat, dass der Diener gegen seinen eigenen Herrn zur Waffe greift, um ihn zu töten«, begann er, »Die öffentliche Aufmerksamkeit wurde aber durch dieses Ereignis nicht nur erregt, sie äußerte sich auch sofort in einem öffentlichen Urteile über die Sachlage, dass alle Sympathien nur dem Täter jener Handlung, während die Antipathie, die Missbilligung und Verurteilung dem Opfer dieses Menschen zufielen.

Man hat, meine Herren, die öffentliche Meinung

benützt, um für die allerdings sehr beklagenswerten Kinder des Angeklagten und seiner Gefährtin Sammlungen zu veranstalten. Ich habe dagegen nichts zu sagen, obwohl man sich auch nicht der Erwägung verschließen darf, ob denn nur Weib und Kind eines Verbrechers Anspruch auf die öffentliche Mildtätigkeit haben. Man hätte so manches arme Arbeiterkind und armes Arbeiterweib finden können, denen man einen Teil des Überschusses in den Schoß hätte schütten können, der sich über die Familie des Angeklagten ergossen hatte.

Und selbst dort, wo sonst die Stimme der Verleumdung, Beleidigung und Schmähung zu verstummen pflegt, am Rande eines Grabes, hat man sich nicht gescheut, dem Toten Beschimpfungen nachzuschleudern. Wir haben gehört, dass sich ein zügelloser Pöbel damit erfreute, bei der Gruft Tänze aufzuführen, ein Gejohle und Geschrei zu erheben, als ob es sich um eine öffentliche Belustigung handeln würde.« Berta dachte mit Schaudern an das Begräbnis zurück, Else zuckte bei dem Wort Tänze zusammen. »Nun ist heute der Tag gekommen, an welchem die Frage nach dem Rechte an die Stelle der Leidenschaft zu treten hat, und ich bin sehr beruhigt darüber, dass diese zwölf Männer dem Rechte zum Sieg verhelfen werden. Sie können überzeugt sein, dass mich kein Gefühl gegenüber der Person des Angeklagten bewegt, der den Eindruck eines sympathischen, biederen und wohlgearteten Mannes macht.

Wir haben alle einigermaßen das Opfer der Tat des Angeklagten gekannt. Johann Baron Sothen war eine in Wien bekannte Persönlichkeit. Ich untersuche nicht, ob es richtig ist, dass Baron Sothen Millionen aufgehäuft hat. Reichtümer sind noch kein Gegenstand, aus dem man jemandem einen Vorwurf machen kann. Ich scheue nicht davor zurück, offen zu sagen, welche Fehler Baron Sothen gehabt hat. Sothen hatte nach außen hin eine ganz eminent katholische Gesinnung zum Ausdruck gebracht, allein er verstand es nicht, die Lehren des christlichen Glaubens im praktischen Leben zu verwirklichen. Man hat gesagt, Baron Sothen war gegen seine Diener zu genau; wollen wir sagen, er war geizig, meine Herren. Ich will den Geiz nicht entschuldigen. Allein ich finde begreiflich, dass ein Mann, der sich vom Lottokollektanten zum Herrschaftsbesitzer aufschwang, am Besitze Freude hatte und vom Mammon sich beherrschen ließ, wenn ich es auch nicht billige. Soll das aber beweisen, dass Sothen ein unbarmherziger, nichtsnutziger Mensch gewesen ist? Aber selbst wenn dem so wäre, findet die Handlung des Angeklagten darin keine Rechtfertigung. Es gibt ein Gesetz, dass ein Verbrechen auch an Verbrechern begangen werden kann.

Demgegenüber haben wir die Person des Angeklagten. Er kann eine Reihe von Zeugnissen produzieren, in welchen er als ordentlicher und fleißiger Diener bezeichnet wird. Seit zehn Jahren war er bei Sothen, und es heißt, dass erst in den letzten Jahren sein Dienstgeber unzufrieden gewesen sei und Reibungen zutage getreten seien. Hüttler ist ein Mensch, der, wenn er nicht schon ein Trunkenbold war, sich auf dem Weg befand, es zu werden. Darin liegt die Ursache der Unzufriedenheit des Dienstgebers. Man weist bei der Erklärung des Herganges am 10. Juni auf die ungünstige materielle Lage Hüttlers hin, allein sie war nicht so trostlos, wie man sagte, er hatte 31 Gulden monatlich. Seine Lebensgefährtin 40 respektive 50 Kreuzer täglich und überdies die bekannten 5 Kreuzer für die Mithilfe beim Melken, die in der öffentlichen Diskussion eine so große Rolle spielten und den Vorwand boten, um dem Dienstgeber den Vorwurf zu machen, er beute die Arbeit der Juliane Paschinger aus. Kaum hatte übrigens Hüttler seinen Posten verloren, als sich schon sieben Leute für die Stelle gemeldet haben. »Aber keiner wollt die Stelle für das Gehalt«, flüsterte man sich zu. »Es heißt auch immer, Hüttler habe kein Geld zum Heiraten gehabt. Es ist jedoch bekannt, dass diese Zeremonien am Land sehr billig sind.« »Für einen Grafen vielleicht!«, machte man sich jetzt laut Luft. Juliane dachte: »Das Fenster wollt ich lieber reparieren lassen«, und fror. Staatsanwalt Graf Lamezan setzte ungerührt fort: »Aber nun zur Absicht des Tötungsdeliktes, die aus der ganzen Handlungsweise Hüttlers gefolgert werden kann. Hüttler sei des Morgens beim Baron gewesen, hierauf nach Hause gekommen, und man habe ihm keine Verärgerung seines Wesens angemerkt. Nach einer nochmaligen Abwesenheit sei er heimgekommen, habe Essen für sich verlangt, sei darauf nochmals fortgegangen und weiter in die Meierei. Welche Gedanken Hüttler während dieser kurzen Zeit gehabt hat, wissen wir nicht.« Eduard starrte geradeaus. »Er selbst kann aber nicht behaupten, sich damals in einem Zustand von Sinnesverwirrung befunden zu haben. In dem Moment, wo er den Hof der Meierei betrat, hatte er einige Zeugen seines Handelns, und was sagen diese aus? Hüttler sagt, er habe den Hof, ohne stehen zu bleiben durchschritten, um nach Hause zu gelangen. Die Zeugen aber haben gesehen, dass er stehen blieb und sich an die Wand lehnte, die sich zwischen der Kanzleitür und dem Eingang der Küche befindet. Er hatte das Gewehr auf der Schulter, da trat Sothen heraus und fragte: »Was macht Hüttler hier?« Hätte Sothen diese Frage gestellt, wenn Hüttler bloß durchgegangen wäre? Auf diese Äußerung riss Hüttler sein Gewehr von der Schulter, trat auf die Kanzleitür zu und schoss aus unmittelbarer Nähe kaum wenige Zoll von Sothen entfernt. Hüttler war während dieser Tat nicht betrunken, er war körperlich gesund, seine Augen waren offen, er musste als Jäger die Wirkung eines aus der Nähe abgefeuerten Schusses ermessen. Die Handlung stellt sich also als eine absichtsvolle, dem Zwecke entsprechende dar. Allein damit war es noch nicht genug, Sothen stürzte heraus und lief noch einige Schritte, und da traf ihn von rückwärts der zweite Schuss, durch den sich Hüttler die Sicherheit vom Tode Sothens zu verschaffen wusste. Darauf entfernte er sich ruhig und eilte zur Obrigkeit, um sich zu stellen. Er bekennt seine Tat und dies beweist, dass er sich der Bedeutung derselben bewusst war. In allen Handlungen«, fuhr der Staatsanwalt fort, »die der Angeklagte am und nach dem 10. Juni tat, zeigt sich also eine erkennbare Absichtlichkeit, darüber vergehen einige Tage. Von dem Augenblicke aber, wo der Angeklagte in die hiesige Haft gebracht war, ändert sich die Art seiner Verantwortung. Er sagt nun, er wisse nichts, erinnere sich an gar nichts.« Eduard ging in den Wald – Juliane, dort die Kinder: »In der Jagdtasche habe ich etwas für euch.« »Personen, welche weitaus verworfener sind als der Angeklagte, bedienen sich dieses Auskunftsmittels zu sagen, sie wissen von gar nichts, es sei ihnen durchaus unfassbar, wie es so gekommen sei. Ich möchte da auf eine krankhafte Strömung unserer Zeit hinweisen. Diese Strömung macht den einzelnen geneigt, jedes Verbrechen, und sei es das krasseste, das blutigste und entsetzlichste, zu entschuldigen mit Sinnesverwirrung. Ja, meine Herren, ich verstehe es, wenn ich selbst einer Handlung angeklagt wäre, ich wüsste mir kein besseres Verteidigungsmittel als die Ausflucht der Sinnesverwirrung, denn heute ist man leicht geneigt, dem Angeklagten diese Rechtswohltat zuzugestehen. Man leugnet die Freiheit des Willens und der Entschließungen. Ich scheue mich nicht, es auszusprechen, das zerstört die Grundlage der staatlichen Gesetzgebung, die Ordnung, auf der die Gerechtigkeit und die Justizpflege ruhen. Bei einem geringen Diebstahl fällt es niemandem ein, diese Umstände vorzuschützen. Nein, man muss ein Mörder sein, um diese Rechtswohltat zu genießen.

Worüber Sie sich zuerst schlüssig werden müssen ist, ob der Angeklagte der Urheber des Todes von Baron Sothen ist. Darüber ist nun kein Zweifel. Fraglich kann nur sein, ob Hüttler die Absicht gehabt habe, Sothen zu töten.

Sie sollen ohne Gunst und Hass, ohne Leidenschaft und Voreingenommenheit gegen den einen oder anderen Teil urteilen. Wenn Sie zur Beantwortung schreiten, halten Sie sich aber auch gegenwärtig die Wirkung Ihres Verdiktes vor Augen. Wenn Sie den Angeklagten verurteilen in dem Sinne, wie ich es beantrage, werden sie Recht gesprochen haben zwischen dem Diener, der seinem Herrn das Leben geraubt hat, und der öffentlichen Meinung, welche allzu sehr geneigt war, diese Tat zu beschönigen, wenn nicht zu entschuldigen. Wenn Sie aber den Angeklagten freisprechen, wenn Sie die Frage auf Sinnesverwirrung bejahen, so, ich scheue nicht, es zu sagen, sprechen Sie ein unendlich gefährliches Wort aus«, er hob seine Stimme: »Die Freisprechung wäre eine Sanktion oder würde wenigstens die Gefahr einer solchen in sich bergen, dass am Ende jeder, der unzufrieden zu sein Ursache hat, auf mehr oder minder gewalttätige Art sich selbst Recht verschaffen möchte, in der Voraussetzung, von den Geschworenen freigesprochen zu werden, wenn er nur recht viel Unbill und Schimpf auf das Grab seines

Opfers zu häufen imstande ist. So weit, meine Herren, werden Sie Ihre Aufgabe nicht verkennen, und ich wiederhole darum meine früheren Anträge.«

Der Richter wandte sich an Hüttler, ob er sprechen wolle, der blickte ihn einen Moment nur an, bevor er schließlich auf seinen Verteidiger wies.

Dr. Schneeberger ergriff also das Wort: »Nur allzu sehr sind wir gewöhnt, unser Wissen von Menschen in Schablonen zu kleiden. Ehe man sich's versieht, sind Einteilungen geschaffen und Kategorien festgestellt, welche als unanfechtbare Wahrheit überliefert werden. So unterscheidet die Lehre und Übung des Strafrechtes seit unvordenklicher Zeit bei der strafbaren Handlung konsequent den Täter, die rechtswidrige Tat und das Opfer.

Mit diesen Kategorien arbeitet die Alltagspraxis fort, so lange es eben geht – bis plötzlich ein Ereignis, das wie ein greller Blitzstrahl in die alltäglichen Vorgänge fährt, den Glauben an jene Grundeinteilungen schwanken macht, bis eine Tat sich vollzieht, die in der Brust eines jeden die Stimme wachruft: Hier sind Täter und Opfer nicht zu trennen. Hier ist der Täter mit ein Opfer und das Opfer gewissermaßen ein Mittäter. Da geraten leicht festgewurzelte Rechtsanschauungen ins Schwanken. Wenn die Verteidigung damit im Wesentlichen die Grenzmarken der ihr zugewiesenen Aufgabe gezeichnet hat, so muss sie sofort, um allen Missdeutungen vorzubeugen, die ernstliche und feierliche Erklärung abgeben, dass es ihr fernsteht und fernstehen muss, die Persönlichkeit desjenigen, dem Hüttler durch zehn Jahre treu und redlich gedient hat, nach irgendeiner Richtung zu besprechen, welche nicht mit der Person und der Handlungsweise des Angeklagten selbst im unmittelbaren Konnex steht.

Der Angeklagte kann als ein treuer, pflichteifriger, seinem Herrn anhänglicher und seiner Familie zärtlich ergebener Mensch charakterisiert werden, in welchem in den ersten sechs Jahren trotz seiner dürftigen Lage kein ernster Misston laut wurde, während er später allerdings heftig gereizt wurde. Er musste in den letzten Jahren seiner Dienstzeit die entsetzliche Erfahrung machen, dass die Existenz seiner Frau und Kinder der Herrschaft nicht behage. Er musste das schmerzhafte Wort, er solle seine Kinder verschenken, über sich ergehen lassen. Er hielt aber aus, er kämpfte mit Mut und Ausdauer und ertrug alles. Man darf behaupten, dass es wenige Menschen gibt, die sich in einem so heroischen Kampfe mit sich selbst so glänzend bewähren würden. Hüttler aber trug still und geduldig sein Joch, hatte er ja doch für die seinen ein Obdach, wenn auch ein elendes, hatte er doch Speise und Trank, wenn auch im kärglichen Ausmaße. Da kam der 7. Juni, und ohne jede Veranlassung wurde seinem Weibe, das bisher ein Scherflein zur Ernährung der Familie beigetragen, dieser klägliche Verdienst entzogen. Gleichzeitig wurde ihm seine Kündigung mitgeteilt, und so brach jener verhängnisvolle Tag an, an welchem sich ein tragisches Schicksal vollzog. All sein Mühen zeigte sich da als vergeblich, alle Kümmernisse, die er überwunden hatte, erschienen umsonst. Er wird zu Sothen gerufen; beklommen geht er dahin, denn er tritt zu einem strengen Herrn, aber da er dennoch, um nichts unversucht zu lassen, das Äußerste wagt und von einem Sothen Erbarmen und Nachsicht fordert, da wird er barsch zurückgewiesen. Ja noch mehr, als ob sein Dienstherr systematisch und sorgsam den in der Seele Hüttlers angehäuften Zündstoff noch mehren wollte, als ob er in teuflisch berechnender Art das Maß des Jammers steigern wollte, lässt er ihn seine ganze Herzlosigkeit in diesem Augenblicke fühlen. In sarkastischem Ton wird ihm, der seinem Herrn treu gedient hatte, freigestellt, sich die Tage zu wählen, um einen anderen Dienstplatz zu suchen, doch müsste er den Entgang seiner Zeit von seinem Lohne abziehen.« »Ungeheuerlichkeit!«, kommentierten die Leute abermals. »Ruhe!«, forderte der Richter scharf.

»Hüttler nimmt auch diese Mitteilung ruhig entgegen«, setzte der Verteidiger fort, »er entfernt sich, irrt den ganzen Tag umher. Er weiß sich, wie er selbst sagt, keinen Ausweg aus dem Jammer, der sich ihm und seiner Familie eröffnet. Er ist der völligen Verzweiflung nahe, weil die große Not an ihn und die Seinen herantritt. Erinnerungen vergangener Tage steigen in ihm auf. All der Jammer, den er jahrelang stolz und heldenhaft bekämpft, all die Mühsale und Kümmernisse, all die Verkleinerungen, alle Knechtung, die er ertragen musste, um seines Weibes und seiner Kinder willen, sie traten in voller Gewalt in seine Sinne. Wie immer in solchen Augenblicken die Stimmungen des Menschen plötzlich in das Gegenteil umschlagen, so schmilzt in Hüttler in diesem Moment der ausbrechenden Verzweiflung der lang gehegte Stolz. Seine Zuversicht schwindet. Der bisher ja hoffnungssichere Mensch wird kleinmütig und verzagt. Er sieht, dass alles verloren ist. Das wenn auch geringe Quantum von geistigen Getränken, das er in der Wildgrube zu sich genommen, hat seine Seelenstimmung kaum freundlicher gestaltet.

Er streift allein durch den Wald, und von diesem Augenblick an, können wir sagen, ist der Mensch Hüttler verschwunden. Ein schwerer moralischer Druck, der jahrelang in seinem Inneren angewachsen war, gegen dessen Spannkraft sein bisher heldenhafter Widerstand zurückweicht, legt sich wie ein Bleigewicht auf seine Seele. Kein klarer Blick, kein bestimmter Sinn, nichts als das Gefühl des finsteren Jammers, das ihn ergreift und aller Sinne beraubt. Wenn warme, weiche Töne den jahrelang angesammelten Schmerz zu einer menschlichen Lösung gebracht hätten, wäre vielleicht statt eines Schusses ein Erguss von Tränen der Ausgang jenes qualvollen Zustandes gewesen. Aber als ob ein übermächtiges Schicksal das Unheil nicht abwenden wollte, hallt bei diesem fürchterlichen Zustande Hüttlers der Schrei Sothens. Er weiß nicht, was Sothen in diesem Augenblick gerufen, er weiß nur, dass dieser Ruf in ihm alles, was bisher sein Innerstes zusammenhielt, gewaltsam zerreißt. Und wie ein anderer in diesem Zustande vollster Sinnesverwirrung mit geballter Faust auf seinen Gegenstand stürzt, in welchem er die Quelle seines ganzen Jammers ahnt, so greift Hüttler, der Jäger, zu seiner Schusswaffe.

Wäre Hüttler mit Vorbedacht vorgegangen, hätte er dann seine Tat im Meierhof begangen, wo er sicher war, entdeckt zu werden? Hätte er sie angesichts einer Reihe Personen begangen, die er sah und sehen musste? Handelt so ein Meuchelmörder?

Und was hat Hüttler nachher getan? Er hat, nach der übereinstimmenden Aussage aller Zeugen, nach dem zweiten Schuss nicht die Flucht ergriffen, im Gegenteil, er verlässt ruhigen Schrittes den Tatort. Handelt so ein Mensch, der mit Bewusstsein das Geschehene vollbracht hat? Erst als er durch das Tor hinausschreitend freie Luft zu atmen beginnt und das einen Rückblick auf das Geschehene ermöglicht, da ergreift ihn Angst und Schrecken. Er ahnt dunkel, dass er Fürchterliches angestellt.

Sein Dienstherr Sothen, der nach vielen Richtungen dazu beigetragen hat, die Voraussetzungen für diesen Zustand zu schaffen, ist ein Opfer von Elementarkräften geworden, für die es keine Versicherung gibt.

Ich appelliere an Sie, Geschworene, von Ihrem Wahrspruche wird es abhängen, ob mein Klient seiner Familie und der Gesellschaft wiedergegeben wird, deren nützliches Mitglied er war.« Eduard starrte während der Rede des Verteidigers auf den Boden. Seine eine

Hand griff nach seiner anderen, die einzige Hand, die er noch halten konnte, die eigene.

Nach diesen Worten und den abschließenden Bemerkungen des Richters zogen sich die Geschworenen zur Urteilsberatung zurück. Es war acht Uhr abends. Die Verhandlung hatte einen ganzen Tag gedauert, kaum Pausen hatte es gegeben, heiß und stickig war es gewesen, die Leute hatten Hunger und Durst, warteten aber unbeirrbar im Saal und auf dem Korridor ab.

Nicht einmal eine halbe Stunde war vergangen und die Geschworenen kehrten zurück. Die Menschen hielten den Atem an, als der Wahrspruch der Geschworenen verlesen wurde: »Die Geschworenen erkennen Eduard Hüttler einstimmig des Meuchelmordes schuldig.« Ein Aufschrei ging durch die Menge. Juliane sprang auf, ihr Tuch fiel vom Schoß auf den Boden. Eduard blieb regungslos sitzen, die Hände ineinander, als hätte er nicht verstanden. Der Staatsanwalt lehnte sich zurück, während sich der Richter erhob, um das Urteil zu verkünden: »Tod durch den Strang ohne Annahme von Milderungsgründen.« Darauf presste Eduard seine Hände gegen das Gesicht. Juliane wie versteinert. Eduard begann mit seinem Oberköper vor und zurück zu wippen. Frauen hielten sich an den Händen. Manche ballten ihre zur Faust. Andere schüttelten fassungslos den Kopf. Plötzlich riss sich Eduard in die Höhe, streckte seine Arme empor, wrang seine Hände, sank ebenso plötzlich auf den Stuhl zurück. Ein Zittern überfiel den Leib, der zur Seite rutschte. Erschrocken blickte man sich an. »Der Sothen soll gehängt werden!«, schrie jemand von der Galerie und der völlig sinnwidrige Satz wies noch mehr auf die Ausweglosigkeit. Juliane stand da, jemand hielt ihr das Tuch hin, aber sie rührte sich nicht. Der Saaldiener trat an Eduard heran, zog ihn mit Mühe hoch, Eduard tat ein, zwei Schritte, bleich das Gesicht, die Augen vor Entsetzen starr, fiel wieder auf den Stuhl zurück und brach in ein lautes Schluchzen aus. Juliane rief: »Eduard!« Die Leute hatten Tränen in den Augen. Eduard das Gesicht in den Händen vergraben, die breiten Schultern zuckend. Der Saaldiener trat abermals an ihn heran, er müsse mitkommen, sagte er leise. Darauf presste Eduard seine Hände gegen die Ohren wie ein Kind, die Adern am Handrücken stachen hervor. Der Saaldiener richtete ihn erneut auf, Eduard taumelte, die Gesichtszüge verzerrt, die Geschworenen waren bestürzt, selbst am Richtertisch Betroffenheit. Juliane, die stand, während Eduard vornüber gebeugt in seine Zelle zurückgeführt wurde.

Da drängte sich Juliane nach vorn, aber ein Saaldiener versperrte ihr den Weg. »Eduard!«, schrie sie am Ohr des Saaldieners vorbei, ihre Stimme überschlug sich, »Eduard!«, es klang wie ein Hilferuf.

Die Verhandlung war beendet.

Der Gerichtshof zog sich unmittelbar danach zurück, man rechnete mit dem Umschlagen des Mitleides in Zorn, der sich wie beim Begräbnis äußern würde. Die Geschworenen suchten gleich den Richter auf, um die Bitte um Begnadigung persönlich vorzubringen. Der Gerichtshof wollte die Möglichkeit der Begnadigung erwägen. Auch um einen neuerlichen Aufruhr zu vermeiden. Man entschied sich sogar, der oberen Instanz die Umwandlung der Todesstrafe in zwölfjährigen schweren Kerker zu empfehlen, so sehr befürchtete man eine Massenerhebung.

Der Gerichtssaal leerte sich nur langsam. Menschentrauben standen auch noch vor dem Gerichtsgebäude. »Die Paschinger muss es jetzt den Kindern sagen«, blickte man ihr voller Mitgefühl nach. »Und auch noch ertragen, dass sie einen Vormund haben.« Fannis Bruder verabschiedete sich vom Priester und dem Major, er stieg in die Kutsche vom Gut. »Eine Begnadigung – wenn das Gerücht zutrifft«, schüttelte er den Kopf. »Fanni hat hoffentlich genug Einfluss, das zu unterbinden!« Die Kutsche holperte an Spieß vorbei, ihm war nicht angeboten worden mitzufahren. Brunner ging langsam vor zum Ring. Seine Frau wäre gegen eine Begnadigung gewesen, dachte er und spürte eine Befreiung, er war dafür. Auch die Menge löste sich nun auf, Marie war gleich verschwunden gewesen, ebenso die Wirtschafterin Elisabeth. Josepha und Radda machten sich zu Fuß auf den Weg zur Station, sie mussten den letzten Stellwagen Richtung Cobenzl erreichen. »Kommst du mit, Berta?«, fragten sie diese, die abseits stand. Zeisel kam nachgelaufen: »Ich schließ mich an!« »Zeisel, du Depp«, sagte Radda und Josepha: »Komm schon!« Else kam jetzt erst aus dem Gebäude, rief:

»Wartet doch auf mich!« Da kam Trübwasser heraus. Es war ein warmer Wiener Abend, wie vor sechs Wochen, nach dem Begräbnis. Else wandte sich zum Gehen. »Else!«, sagte Trübwasser. »Ich muss los«, sagte sie, dachte: »Wir werden nie Paschinger und Hüttler sein«, rief: »Mach's gut«, drehte sich um, lief den anderen nach und hakte sich beim überraschten Radda unter. Fanni betete noch immer in der Hauskapelle für die gute Nachricht des Bruders. Juliane allein im lauen Abend, die Kehle zugeschnürt. Berta froh, mit den anderen zu fahren.

Am Himmel

Ich bin am End«, sagte Eduard, das Gesicht zur Zellenwand gedreht. »Der Vormund Ihrer Kinder«, sagte sein Verteidiger Dr. Schneeberger, »hat sich schon beim Landesgericht und beim Erzbischöflichen Konsortium eingesetzt –« »Ich bin am End«, wiederholte Eduard mitten in die Worte. »Eingesetzt dafür, dass Sie Ihre Lebensgefährtin Juliane Paschinger ehelichen können.« Eduard drehte den Kopf, sah den Verteidiger von seinem Strohsack aus an. »Dank der 1867 modifizierten Novelle ist jetzt die Verehelichung Inhaftierter in besonders berücksichtigenswerten Fällen gestattet«, sprach der Verteidiger weiter. Eduard blickte ihn weiter wortlos an. »Sowohl das Landesgericht als auch das Erzbischöfliche Konsortium haben bereits zugestimmt.« Eduard drehte seinen Kopf zurück zur Wand. »Ich bin am End« – und nach einer Pause: »Kein Kind soll den Namen eines Vaters tragen, der gehenkt wird.«

»Der Hüttler ist nicht ansprechbar, heißt's«, erzählte Radda. »Dass sich der Scharfrichter schon auf ihn gefasst mache, sagt er angeblich in einem fort.« »Der schwitzt Blut und Wasser«, meinte Zeisel. »Würdest du nicht?«, fragte Else. »Nicht, wenn ich schon jemand getötet hätt«, erwiderte Zeisel. »Die Erlaubnis zu heiraten hätt er, doch er will nicht, dass seine Kinder heißen nach einem am Strang«, erzählte Radda weiter. »Aber wenn er begnadigt wird«, meinte Josepha. »Die Frau Sothen wird das sicher mit allen Mitteln verhindern«, sagte Else. Radda mochte, wie sie ihren schwarzen Zopf zurückwarf. »Ihre Millionen«, sagte Berta, mit ihnen in der Wirtschaftsküche, »nützen ihr nichts mehr, ihre Freunde fürchten sich.« »Vor uns?«, fragte Radda. »Vor uns muss man sich doch nicht fürchten.« »Außer vor dem Täubchen Berta!«, meinte Zeisel, und alle lachten, auch Berta.

Juliane hatte ihre Habseligkeiten schon kurz nach der Verhandlung in große Tücher gebunden, die Leute von der Meierei hatten ihr geholfen, sie in eine Kellerwohnung am Stadtrand zu bringen, in der bereits eine Prostituierte mit ihren Kindern wohnte. Nur noch ein Sack wartete in der unverschlossenen Hütte, die Schlüssel hatte sie dem neuen Verwalter schon übergeben. Sie war jetzt heraufgekommen, um den Sack mitzunehmen; von dem Silberkettchen darin ahnte sie nichts. Sie betrat die leergeräumte Hütte, so wie sie es vor zehn Jahren getan hatte. Durch das Fenster hörte sie das Zwitschern der Vögel. Einen Moment blieb sie stehen, blickte auf den Haken an der Wand. Dann schulterte sie den Sack und ließ die Rohrerwiese hinter sich. Das Spitzentaschentuch in die Kapelle am Himmel gelegt.

»Eduard Hüttler!« Eduard reagierte nicht. Zwei Wochen waren vergangen, seitdem der Verteidiger das letzte Mal bei ihm gewesen war. Die Kinder hatte

Eduard damals noch einmal sehen wollen. Aber die Angst war jetzt derart groß, dass ihn nur mehr das Verstorbene tröstete. Wenn es bloß schon so weit wäre. »Eduard Hüttler!« Eduard öffnete die Augen, er sah in Gesellschaft des Verteidigers einen ihm unbekannten Mann. Er setzte sich langsam auf: »Ich geh zu unserem Kind«, murmelte er. »Eduard Hüttler«, sprach nun der unbekannte Mann, »der Kaiser hat dem Gnadengesuch nachgegeben.« »Es wartet auf mich«, sagte Eduard mit schwacher Stimme. »Der Oberste Gerichtshof hat stattdessen eine fünfzehnjährige schwere Kerkerstrafe verhängt.« Eduard hob den Kopf, starrte den unbekannten Mann an, darauf seinen Verteidiger, der ihm zunickte. Dann stand er schnell auf, strich seine Gefängniskleidung glatt, verbeugte sich und begann zu weinen.

»Der Kaiser hat ihn begnadigt?« Fanni starrte ihren Bruder an. Er reichte ihr die Nachricht. »Der Kaiser hat ihn nicht zu begnadigen!«, schrie Fanni, zerknüllte die Nachricht und schleuderte sie auf den Boden. »Erschießt von hinten meinen Mann, und der Kaiser rettet ihm das Leben!«, Fannis Stimme zitterte. Ob er den Arzt holen müsse, fragte sich der Bruder. »Den Kaiser braucht kein Mensch mehr!«, Fannis Stimme überschlug sich. Der Bruder schickte nach dem Arzt.

Durch das Fenster der Kapelle drang das erste Licht. Juliane neben Eduard, in Stille, ihr Kleid schlicht. Der Priester vor dem Armesünderkruzifix. »Ja«, antwortete Juliane leise. »Ja«, antwortete Eduard leise.

»Eine Unterschrift der Trauzeugen« – der Kerkermeister Koveczny und der Kerkermeister-Stellvertreter Findelsberger traten an den Altar, die Schlüssel klimperten. Eduard drückte den Ärmel der Gefängniskleidung gegen die Augen. Juliane streckte ihre Hand aus. Über die fünf Kinder hinweg berührten sich die Fingerspitzen. Vogelgezwitscher durch das Fenster wie auf der Rohrerwiese. Der Himmel taubenblau.

Eduard wurde abgeführt.

Inhalt

Bellevue
31

Rohrerwiese
85

Gspöttgraben
123

Agnesbründl
157

Am Himmel
197

Dank an

Philip Kerr

&

die Mayerei

Quellen für den Prozess

Die Presse, 18. Juli 1881
Freie Presse Abendblatt, 18. Juli 1881
Wiener Abendpost, 18. Juli 1881
Beilage zum Prager Tagblatt, 19. Juli 1881
Die Presse, 19. Juli 1881
Mährisches Tagblatt, 19. Juli 1881
Morgen-Post, 19. Juli 1881
Neue Freie Presse, 19. Juli 1881
Wiener Zeitung, 19. Juli 1881
Welt-Neuigkeits-Blatt, 21. Juli 1881

Anna-Elisabeth Mayer
Fliegengewicht
Roman
220 Seiten. Gebunden
ISBN 978-3-89561-135-3

Ein Roman außerhalb der Welt: eine junge Frau kommt ins Krankenhaus zu drei älteren Damen ins Zimmer. Man weiß nur: Alle haben's am Herz, der Tod ist nah – und alle reden dagegen an. Der Arzt der Station ist Dr. Winter. Er zieht die Damen samt Stationsschwester in seinen Bann. Eine Wette schickt die junge Frau ins Rennen um seine Gunst. Mitfiebern als Lebenselixier? Voller Rhythmus und Tragikomik überbieten sich die Stimmen, halb Schwanengesang, halb Operettenträllern, seziert von feinen Spitzen der Erzählerin.
Ein Kammerstück mit doppeltem Boden, bei dem die Figuren mit ihren Liebes- und Leidensgeschichten dem Leser ans Herz wachsen.

»Mayer sorgt für hübsch ironische Arztromanszenen, für ein Klopfen und Flimmern alter und junger Herzen, vor allem aber bietet sie dem Leser ein komisches Kammerspiel.«
Sandra Kerschbaumer, Frankfurter Allgemeine Zeitung

»Von allen Gründen, aus denen man Anna-Elisabeth Mayer lieben muss, ist dies noch der nebensächlichste: Sie hat den Arztroman rehabilitiert.«
Maren Keller, KulturSpiegel

»Ein Buch über alles, was wichtig ist – so leicht gesponnen, dass man beim Lesen Angst hat, es weht einem aus den Händen.«
Kathrin Fischer, hr Info

Schöffling & Co.

Anna-Elisabeth Mayer
Die Hunde von Montpellier
Roman
200 Seiten. Gebunden.
ISBN 978-3-89561-136-0

Alles dreht sich um eine skandalöse Anschuldigung:
Der Arzt Rondelet, der Mitte des 16. Jahrhunderts an der
berühmten Universität im südfranzösischen Montpellier lehrt, soll
beim Sezieren menschlicher Körper zu weit gehen. Neider und
Rivalen intrigieren gegen den wagemutigen Denker, der sich über
Vorschriften und Aberglauben erhebt. Das Misstrauen dringt bis in
sein Haus, wo zwischen seiner Frau Jeanne und seiner kinderlosen
Schwägerin Catherine eine subtile Rivalität herrscht. Als Jeanne
schwanger wird, verstärken sich die Spannungen. Mit der Geburt
wird das empfindliche Gleichgewicht zwischen Rondelets Arbeit
und seiner Familie für immer gestört, und seine Welt droht
auseinanderzufallen.

»Dass in der Vergangenheit sehr viel Wissen über die Gegenwart
steckt, nicht zuletzt dies zeigt der handwerklich gut gemachte
Roman auf eindringliche Weise.«
Katja Gasser, ORF ZiB

»Vom ersten Satz an ein hochdramatischer,
ein faszinierender Roman.«
Klaus Zeyringer, Der Standard

»Eine Geschichte, die für einen historischen Roman
mit 195 Seiten ungewöhnlich knapp bemessen [ist] und
in Mayers Stil wunderbar lebendig wird.«
Maria Motter, ORF

Schöffling & Co.